Wolffs Broschur

AF150753

Alberto Vigevani

Sommer am See

Eine Erzählung

Aus dem Italienischen
von Marianne Schneider

Friedenauer Presse Berlin

Giacomo schien es, als hätten die Monate, die er in Mailand verbrachte, das heißt das ganze Jahr, abgesehen vom Sommer und einigen Tagen im Herbst, keinerlei Gewicht in seinem Leben. Sie bildeten eine Landschaft aus Nebeln und grauen Stadthäusern, die keine andere Wirkung hatte, als seine Phantasie in ein Gefühl der Vergeblichkeit einzuschließen, das ihn faul, insgeheim unglücklich machte.

Er wohnte im vierten Stock eines Hauses, das an einem der Navigli* lag. Seine Eltern gehörten zum gehobenen Bürgertum der freien Berufe und ließen ihre Kinder nicht auf die Straße hinunter. Giacomos gewohnter Zeitvertreib bestand darin, vom Balkon aus den Schleppkähnen auf dem Naviglio zuzuschauen, die sich in Richtung San Marco bewegten: Mit Holzbündeln oder Rollen unbedruckten Zeitungspapiers beladen, wurden sie von Pferden gezogen, deren dampfender Atem sich, kaum aus den Nüstern ausgestoßen, sofort in der beißend kalten Luft verlor.

Vor dem Haus begann die Straße anzusteigen, bis zur Brücke; hier kam es vor, daß auf den großen, oft von Reif überzogenen Steinplatten des Pflasters ein Pferd ausrutschte oder auch plötzlich stürzte. Der Fuhrmann versuchte es wieder zum Aufstehen zu bewegen, indem er es anbrüllte, die Peitsche in der Luft knallen ließ oder es mit dem Peitschengriff aus geflochtenen Sehnen in die Flanke stieß,

---

* So hießen die zahlreichen, zum Teil schiffbaren Kanäle, von denen Mailand durchzogen war.

während eine kleine Menschenansammlung das Schauspiel von dem kümmerlichen Gärtchen aus genoß, das auf das Wasser hinausging und zu einem Café gehörte, wo die Beamten der nahegelegenen Präfektur verkehrten.

Giacomo hielt den Atem an, in der Hoffnung zu sehen, wie das Pferd, das mit seinen Hufen klappernd auf den Stein schlug, daß die Funken sprühten, sich mit einer letzten Anstrengung der Sprunggelenke, seine lange Mähne schüttelnd, erhob. Er konnte den Gedanken nicht ertragen, daß sonst das Tier ins Schlachthaus gebracht würde.

Blut oder die Vorstellung des Todes und dazu der Gewalttätigkeit, was sich für ihn mit diesem Bild und auch anderen verband, flößten ihm leicht ein Gefühl der Übelkeit ein. Seine ängstliche Erregung mündete fast immer in eine körperliche Beschwerde: Er wurde davon überfallen, ohne daß er vermocht hätte, sie als Gefühl in sich zu bewahren oder im Licht der Vernunft zu analysieren. Alles wurde ihm nach einer kleinen Weile zuviel; Vorstellungen und Empfindungen trübten sich in einem Nebel, der sie schließlich ganz zudeckte.

Auf seinem Schulweg ging er am Naviglio entlang. Dieser Teil der Stadt sah noch ein wenig provinziell aus, was Giacomo gefiel, wohl weil sein Vater, von Beruf Rechtsanwalt, wenn sie, was früher ziemlich oft vorkam, miteinander aus dem Haus gingen, ihm erzählte, wie Mailand gewesen war, bevor man mit der Demolierung der Stadtmitte begonnen hatte. Nach der feingliedrigen Eisenbrücke mit den Sirenen am Anfang des Geländers kamen die Lagerhäuser, deren große Gewölbe voller Brennholz und Kohle aufs Wasser hinausgingen, und weiter vorne war eine aus

Stein gemeißelte Balustrade, über die sich Bäume herausneigten. Morgens begegnete er den Karren des Verziere* oder unter der anderen Brücke pechgeschwärzten Schleppkähnen, aus denen Berge von Kohlköpfen ausgeladen wurden. Sobald sich die Straße vom Kanal entfernte, wurde sie eng und finster, führte vorbei an alten Wohnhäusern und Klostergärten, die hinter hohen Mauern eingeschlossen lagen. Es war nun nicht mehr weit zur Schule: In der Kälte schmerzten ihn die Frostbeulen an den Händen.

Im Schulzimmer begann eine stets gleiche Qual, die ein Lächeln oder ein Scherz nicht länger als einen kurzen Augenblick verscheuchen konnten. Nachdem er die Grundschule beendet hatte, die ihm nicht schwergefallen war und wo er einige Freunde gehabt hatte, die er mit dem Eintritt in die ersten Gymnasialjahre verlor, kam es ihm vor, als würde er, an die Schulbank gefesselt, in einem Gefängnis leben. Er brachte es nicht fertig, im Unterricht aufzupassen. Die Zeit versank in einem gefühllosen Sumpf; wenn Giacomo wieder erwachte, war er nicht mehr imstande, dem Lehrer zu folgen. Wenn er nicht ausgefragt wurde – falls das geschah, brach die ganze Klasse in Gelächter aus, wegen seiner Antworten, die aus den Wolken zu fallen schienen –, ließ er sich wieder von seinen traurigen Träumen überfluten. Eigentlich waren es gar keine Träume, sondern sich wiederholende ausweglose Gedanken und Bilder, in denen sich immer das Grau des Himmels spiegelte, das bedrohlich über dem baumlosen Schulhof vor den großen Fenstern hing. Die Bedrängnis verließ ihn erst, wenn die Schul-

---

* Das ist der alte Mailänder Viktualienmarkt.

glocke läutete. Mit Hilfe von Privatstunden schaffte er das Schuljahr; in einigen Fächern mußte er im Oktober noch einmal geprüft werden.

Er war ein dicklicher Junge mit einem Lockenkopf und ausdrucksvollen, unruhigen Augen. Gewöhnlich blieb er für sich allein, und das mißfiel ihm auch nicht; trotzdem wünschte er sich manchmal einen Freund, der seinen Hang zur beschaulichen Traurigkeit verscheuchen würde, denn der wurde durch seine Beobachtungsgabe und seine Neigung zum Phantasieren noch gefördert, was ihn aber andererseits in seltenen Augenblicken zu einem eigenwilligen und geselligen Humor fähig machte. Auch sein Betragen im Unterricht, das ihm zwar Beliebtheit einbrachte, weil man es einer listigen Verteidigung seines Müßiggangs zuschrieb, hatte ihm keine Freundschaften beschert. Obwohl seine Klassenkameraden in den Pausen oder wenn die Schule zu Ende war, gern mit ihm spielten oder plauderten, waren sie im allgemeinen behender und kräftiger als er; sie bildeten Gruppen, an die er, freilich ohne eine besondere Mühe aufzuwenden, umsonst versucht hatte, sich anzuschließen. Sie gingen zum Fußballspielen auf die Plätze am Stadtrand oder zum Schwimmen in das überdachte Schwimmbad am Foro Buonaparte: Giacomo kam sich anders vor, weder sprach er Dialekt wie sie – das hatte man zu Hause nie gewollt – noch interessierte er sich für Sport. Fußballspielen konnte er auch nicht, ungeschickt stieß er mit seiner Fußspitze gegen den Ball.

Er hatte einen Bruder und eine Schwester, Stefano und Clara, die einige Jahre älter waren als er; wenn sie zusammen waren, schenkten sie ihm nur Beachtung, um ihn zu foppen oder allerlei Gefälligkeiten von ihm zu verlangen. Es gelang ihm nicht, mit den anderen normal zu sein, außer unter vier Augen mit einer Person: Dazu war er zu gleichgültig oder mitunter auch zu nervös und aufgeregt. Wenn er aus der Einsamkeit eines ganzen Tages kam, zeigte er sich seinen Geschwistern gegenüber unbeholfen und nachtragend: auch durch den Altersunterschied fühlte er sich gedemütigt. Stefano, der schon zwanzig Jahre alt war, neckte ihn immer, vielleicht in der Absicht, die Schale der Ungeselligkeit aufzubrechen, in der Giacomo steckte, weil er keine Freunde hatte und nicht imstande war, Freundschaften zu schließen.

Nie, auch nicht als kleines Kind, hatte er Freude an Spielsachen gehabt. Wenn er welche geschenkt bekam, machte er sie kaputt, weil er Funktionen von ihnen erzwingen wollte, die denen, für die sie gedacht waren, nicht entsprachen. Aus einem Tennisschläger machte er eine Gitarre, aus seinem Netz ein Sieb oder eine Fechtermaske. Am liebsten waren ihm die Bausteine und der Metallbaukasten, mit ihnen fühlte er sich frei, Gebilde und überraschende Bauten zu erfinden, die er dann unvollendet ließ. Stundenlang schaute er sie an und verbesserte eine winzige Einzelheit, die mit einem Mal seiner Vorstellung wesentlich erschien. Er wußte, daß sich von der Brücke aus, die er mit vier kleinen Balken aus dem Metallbaukasten gerade einmal angedeutet hatte, eine ganze Stadt vorstellen ließ. So war es nicht der Mühe wert weiterzumachen: Es war wie ein geometrischer Traum, in dem sich sein Streben nach leichten, unsicheren, die Phantasie beflügelnden Formen wiederholte. Sie erweckten schließlich in ihm Bilder von

Harmonie und vollendeter Schönheit, lullten ihn ein und führten ihn weitab, so daß er für alles andere gefühllos wurde.

Zu diesen Phantasien gehörte als Hintergrund die Erinnerung an seine frühe Kindheit, die mit einer lebhafteren und strahlenderen Wirklichkeit verbunden war, zu der leuchtende Farben und Augenblicke des Staunens gehörten, und es kam ihm vor, als wäre er mittendurch gegangen, ohne eine Wahl treffen zu können, ohne sie zu genießen, denn sie waren ihm so anziehend erschienen und so nahe, als ob er sie nie hätte verlieren können, was aber in Wirklichkeit geschehen war.

Er entsann sich an die Lebensfülle mancher Szenen auf der Straße: Da war der Jahrmarkt von Sant'Ambrogio, wo sich auf den Ständen Spielsachen, weiße Honigstangen und Säckchen voller Mandeln häuften; da waren die Schaufenster der Geschäfte, die heller erstrahlten, als er sie jetzt zu sehen vermochte, und über der Fassade des Cafés Donini, die wie ein gotischer Palast von schmalen Fenstern durchbrochen war, das Gerüst, wo, aus brennenden Glühbirnen geformt, in Riesenlettern die Namen berühmter Aperitiv- oder Sektmarken und die neuesten Nachrichten entlangliefen, die wie Zeitungstitel in kurze Sätze zusammengefaßt waren. Als er zum ersten Mal nach dem Abendessen ausgehen durfte, hatte er sich in Gesellschaft von Stefano auf der Straße unter eine erregte Menge gemischt, um dort oben von der Ankunft Lindberghs in Le Bourget zu lesen.

Nur wenige Dinge trafen ihn jetzt mit derselben Schärfe. Es war, als hätte er sich einige Schritte weit von der dama-

ligen Anschaulichkeit entfernt oder als würde sich angelau-
fenes Glas dazwischenschieben. Es kam vor, daß er sie
plötzlich einen Augenblick lang wiederfand, vollkommen
unerwartet etwa beim Aufmarsch einer funkelnden Kom-
panie von Artilleristen zu Pferde, von deren Kappen Schwei-
fe herunterwedelten. Die Kaserne lag länglich und gelb, von
ihrem Mistgeruch umgeben, nur wenige Schritte vom Naviglio entfernt. Um seiner Leidenschaft für Pferde entgegenzu-
kommen, nahm ihn sein Vater manchmal mit nach San Siro.
Aber statt dem Rennen zuzuschauen, blieb er lieber bei der
Waage stehen: wo er die Vollblüter aus der Nähe auf dem Grün
des Rasens anmutig voltigieren sah. Doch in stärkerem Maß
und aus keinem anderen Grund begeisterten ihn am Meer
die Segelboote. Das ganze Jahr über hielt in seinem Gemüt
der Zauber an: die Formen der Schiffsrümpfe, der zerbrechlichen Masten, die feine Ausarbeitung der Details, das Funkeln der Messingteile, die hölzernen Ankerblöcke. Er hatte sogar versucht, mit dem Werkzeug des Laubsägekastens kleine
Modelle von Schiffen nachzubauen, aber beim ersten Hinder-
nis hatte er wieder aufgehört, als nämlich der Klebstoff nicht
klebte und bei einem Astloch im Holz die Spitze der Säge
abbrach. Eines Tages ein echtes Schiff zu bauen, war das tief-
ste Streben seines Jungenlebens geblieben. Dorthin führten
alle Abenteuerträume; dorthin beförderte er alle Bilder der
Vollkommenheit, dieselben, die er sich für sich und die Zukunft ausdachte. Oft erschienen ihm mitten im resignierten
Müßiggang der Tage, wie von einem Rahmen umgeben, die
Schiffe im gedämpften oder grellen Licht einer Meeresküste.
    In sein Zimmer eingeschlossen, wo er so tat, als würde er
lernen, verbrachte er die schulfreien Stunden. Er las die

Romane von Salgari, Verne und Dumas. Nachdem er alle verschlungen hatte, deren er hatte habhaft werden können, mit einer derartigen Passion, daß er sich wunderte, warum die Autoren nicht noch mehr geschrieben hätten, las er auch geschichtliche Kompendien, Zusammenfassungen der Klassiker, der homerischen Epen und der Shakespeareschen Dramen, und die Liebesromane, die er auf dem Toilettentisch seiner Mutter fand. So stopfte er sich voll mit einer Menge von Kenntnissen und Kuriositäten, die ihm in der Schule nichts nützten: Da er begeisterungsfähig war, erhitzten sie ihn oft so, daß ihm der Kopf wehtat. Dann legte er sich auf sein Bett, um sich von phantastischen Situationen, in denen er der Held war, mitreißen zu lassen und von Ruhm zu träumen, was er aber nie jemandem gestanden hätte. Auf diesem anderen Weg gelangte er zu ebenso unmittelbaren und glühenden Visionen wie denen, welche Schiffe und Pferde in ihm erweckten, auch wenn diese nicht so harmonisch, sondern hitziger waren und hinterher eine melancholische Leere in ihm zurückließen.

Zwischen der Welt der Träume und der Wirklichkeit eine Verbindung zu schaffen, gelang nur Clara mit ihrer anmutigen Gestalt. Angeboren zu sein schienen ihr ein gewisses Gleichgewicht und ebenso eine Zerbrechlichkeit, etwas, das von der Erde losgelöst war, aber sie doch leicht berührte, genau das, was Giacomo suchte und nur in den Bildern finden konnte, die, kaum verloren, ein noch brennenderes Verlangen in ihm zurückließen.

Er hätte mit ihr allein sein mögen, wenn an manchen Nachmittagen das Haus leer blieb, der Vater im Büro, die Mutter in ihr Zimmer mit den stets geschlossenen Fensterläden eingeschlossen und Stefano wie gewöhnlich unterwegs war. Aber Clara zog sich mit ihren Freundinnen zum Lernen zurück. Jenseits der Wand, die ihre beiden Zimmer trennte, hielt die Stille nicht lange an. Nach einer Weile hörte man, daß sich halblaut eine Schallplatte auf dem Grammophon drehte, dann das Geknister einiger Tanzschritte, das in leisem Kichern endete. Er stellte sich vor, daß die Freundinnen seiner Schwester auf dem Bett oder auf dem Teppich am Boden lagen: Er hätte hineingehen, bei ihrem Scherzen dabeisein und ihre Vertraulichkeiten hören mögen. Diesen Augenblick stellte er sich im Geist als rhythmische Abfolge einer in Zeitlupe aufgenommenen Szene vor: Er öffnete die Tür, die Mädchen umringten ihn, während er etwas außerordentlich Geistreiches von sich gab, so daß alle zu lachen anfingen und ihn bewundernd ansahen… Die Wahrheit war anders. Wenn er ihnen im Treppenhaus begegnete, errötete er, weil er wegen seiner kurzen Hosen verlegen wurde und weil er mit einem Mal nicht mehr in der Lage war, etwas Unbefangenes oder Scherzhaftes herauszubringen.

Clara verstand es, aus einem Nichts ein Spiel zu machen, und hatte jedesmal neue Einfälle. Wenn es vorkam, daß sie endlich einmal allein zu Hause waren, tat er alles, was sie wollte, war glücklich, ihr Sklave zu sein. Ob es darum ging, das Wohnzimmer in einen Ballsaal umzuwandeln, indem man Möbel und Teppiche verrückte, oder auf den Balkon hinauszutreten, um Papierpfeile auf die Passanten abzuschießen, wobei man Verpackungsrollen als Blasrohre verwendete. Wenn jemand den Kopf hob, sie sah und stehenblieb, um sie zurechtzuweisen, fingen sie an zu lachen.

Dann gingen sie wieder hinein und spielten Fangen in der ganzen Wohnung. Sobald er sie einmal erwischte, fürchtete er, er könne ihr wehtun, empfand ein Schwindelgefühl und glaubte, er würde umfallen. Er fühlte sich schwerfällig und ungeschlacht neben ihr, die so dünn und zerbrechlich war. Manchmal lief sie mitten im Spiel in ihr Zimmer und schloß sich ein, bevor es ihm gelang, sie einzuholen. Das Licht schien zu erlöschen und die Wohnung wieder zu dem schläfrigen Labyrinth mit im Zwielicht liegenden Zimmern und Fluren zu werden. Da gab es nur noch ein Buch als Zuflucht; die Melancholie wuchs in seinem Geist und schien sich in seinem ganzen Körper auszubreiten.

Das waren auf jeden Fall die besten Tage, dazu die, an denen ihn Elvira, das ältere Dienstmädchen, das schon seit vielen Jahren im Haus war, in die städtischen Anlagen begleitete. Er schämte sich jedoch bei dem Gedanken, er könne in dieser Begleitung den Freundinnen seiner Schwester begegnen. So bat er die Frau darum, ein paar Schritte hinter ihm zu gehen, bis sie sich aus dem Viertel entfernt hätten. Aber auch diese Ausgänge konnte er zählen, wegen der Schule und des schlechten Wetters. Sonntags spielten die Kapellen der Trambahner und der Carabinieri Stücke aus Opern, vor dem riesigen Tuch stehend, das zwischen zwei sehr hohen Pfählen aufgespannt war und das Laubwerk der hundertjährigen Platanen und Buchen zurückhielt: Soldaten, Kindermädchen und Kinder schwärmten über die Wege; alle redeten oder riefen einander mit lauten Stimmen, und nur das Dröhnen der Blechinstrumente übertönte wie der Einsatz eines plötzlichen Gewitters einen Augenblick lang den Lärm.

Am Kiosk trank er warme Milch mit viel Sahne und tunkte Löffelbisquit ein. Unter der Woche, wenn keine Konzerte stattfanden, ging er bis zu dem Wasserbecken am Ende der Anlagen, um mit seinem Schiffchen zu spielen, und dort begegnete er seinen Klassenkameraden aus der Grundschule, die er auf dem Gymnasium nicht mehr angetroffen hatte. Es war nicht leicht, die einstige Vertrautheit neu zu schaffen: Er hatte den Eindruck, sie sähen in ihm einen Fremden, einen, der zu einer anderen Gesellschaftsklasse, einer anderen Welt gehörte. Trotzdem wechselten sie ein paar Worte miteinander und spielten Fangen auf dem Hauptweg. Dann verloren sie einander wieder wochenlang aus den Augen.

Die Nachmittage mit Clara, die Spiele in den städtischen Anlagen waren lichte Öffnungen in einer endlos langen Mauer – ein Jahr, vom Herbst bis zum Anfang des nächsten Sommers: das hieß für Giacomo ein Winterschlaf, in dem er wieder zu Kräften kam und im Schutz der Verborgenheit wuchs, um sich auf das Erwachen vorzubereiten.

Die Eindrücke aus den Ferien, die mitunter wieder zu ihm kamen, waren so lebhaft, daß sie gar nicht aus Erinnerungen zu bestehen schienen, sondern Lichtfenster waren, die weit in die Zukunft hinein offenstanden, am Horizont der vielen Jahre, die er noch mühselig hochzusteigen hatte, bis er ein Mann sein würde. Es waren Eindrücke, die immer völlig unerwartet in seine Gedanken oder in seine Träume traten.

Urplötzlich kam es ihm vor, als würde er mit der Brust aus dem Wasser auftauchen, das dunkel im Dämmerlicht lag, neben ihm andere Jungen, die Stirn zu den Häusern oberhalb des Strandes und zu der Reihe der Badehütten vor der Eisenbahnüberführung gewandt. Der Ball wurde weit geworfen. Er drehte sich um, ihn zu holen. Als er aufschaute, hatte er plötzlich das sepiabraune Meer vor sich, von kleinen Wellen bewegt, die wie Metallöffel glänzten, und vor der versinkenden Sonne die Flecken von zwei Fischerbooten, die stillzustehen schienen, aber mit hängenden Segeln ans Ufer zurückkehrten. Es lag ihm nichts an dem Ball, der sich über die Wellenkämme entfernte, während seine Spielgefährten riefen und ins Wasser sprangen; geradezu wollüstig überkam ihn das Gefühl einer Einsamkeit, das ihn erschaudern ließ.

Oder er sah von seiner Schulbank aus das Dorf, das in der Sonne schlummernd dalag wie ein Gipsmodell; die reglosen Wedel der Palmen an der Küstenstraße, die keinerlei Schatten warfen. Von der Straße her rief ihn Bono, ein Junge aus Turin. Er rannte hinunter. Mit einem Blick kamen sie überein, sich eine Pfefferminzgranita zu leisten. Ein Mädchen, das wie eine Zigeunerin aussah, reichte ihnen von dem weißblauen Stand die angelaufenen Gläser. Auf der Bank sitzend, ließen sie die Eisstückchen im Mund zergehen, dann standen sie auf und schwenkten ein in die Gasse zwischen den roten Fassaden der Häuser und den Gerüchen der Gewürzpflanzen, aufwärts in Richtung freies Feld, wo der Weg steil anstieg.

Bono schwieg: Über die vom Salz versengten Mauern hingen Äste, die sich unter der Last der reifen Früchte bogen. Mit den Füßen nachhelfend, sich die Hände zerkratzend, sprangen sie auf die Umfriedungsmauer eines Gartens. Das weiche, gerade aufgehackte Erdreich gab unter den Sandalen nach. In aller Eile pflückten sie die braunen

16

Feigen, aus denen schon ein Tropfen hervortrat; und steckten sie vorne in ihre Trikots. Hinter einem Weinberg schrie jemand. Die ängstliche Eile die Mauer hinauf, die Feigen zerdrückt auf der Brust, das atemlose Rennen den abschüssigen Weg hinunter. Am Strand, im Schatten hinter einer Badehütte Bonos violette Lippen, während ihm der Zukker hinunterrinnt und er sagt: »Da müssen wir morgen nochmal hin.«

Momentaufnahmen oder Laute oder Worte entstanden so in ihm, wie eine Straße von ihrem bekannten Anfang ausgeht, dann unbekannt und unvorhersehbar wird, dazu kamen Gesichter von Freunden weniger Tage oder von Jungen, mit denen er raufte oder endlos redete: jeden Sommer eine Handvoll Eindrücke, die in seinen Sinnen verblieben wie Schwalben in einem Flug, der immer engere Bahnen um etwas zog, um einen Kirchturm, den man hinter den Häusern, Dächern, Bäumen nicht sieht, und Giacomo dachte, das sei das wahre Leben in einer Welt voller Stimmungen und blendenden Lichtes. Sie erschienen ihm während der Schulstunden, an den Nachmittagen, wenn die Nebelschwaden die Navigli zudeckten und man nur das Gebimmel der Trambahnen hörte: bis zu den ersten Tagen im Mai. Da wuchsen die Blätter der Roßkastanien dichter in der engen Straße, die zwischen hohen Häusern und Gärten zum Gymnasium führte, die Bürgersteige wurden weiß vom Blütenstaub wie beim ersten Reif. Die Sonne färbte sich blutrot am Ende einer Straße – eines Fernrohrs – mit lauter hohen Häusern, die an der Mauer des großen Krankenhauses endete, der Himmel verdichtete sich um die farbig gesprenkelten Ausfaserungen einer Wolke.

Das Jahr, in dem er vierzehn wurde, gingen sie nach Menaggio am Comersee in die Sommerfrische, denn sie folgten Verwandten, deren Kinder ungefähr so alt waren wie er und seine Geschwister. Die Enttäuschung, nicht wieder ans Meer zurückzukehren, wich der Neugier auf die neuen Orte und dem Gedanken, daß er auch dort Wasser und Schiffe vorfinden würde.

Sie verließen den Dampfer am Steg der Anlegestelle und bestiegen eine Kutsche; ein weißer Baumwollvorhang wehte über Claras Kopf und dem Hut der Mutter, die im Wagenfond saßen. Durch die Zäune sah man die Gärten der Uferstraße, die übersät waren von den zarten Farben der Blumenbeete und wo dicht gedrängt exotische Bäume standen, Jahrhunderte alte Pflanzen, deren Äste bis zur Straße herausreichten. Von der Uferstraße bogen sie auf einen Weg mit rötlichen Kieselsteinen ab, die unter den Rädern knirschten. Es war, als würde dieses Geräusch die Bilder, die sich Giacomo darboten, mit größerer Frische abheben: Altanen, halb im Grün versteckte hohe Fenster, Gebüsch, Rasenstücke. Schließlich hielten sie vor einem geöffneten Gartentor. Die Villa, die am Ende des Gartenwegs stand, erschien ihm groß, während er hinaufging, um sie in Besitz zu nehmen: zwei Stockwerke über der Eingangshalle, dem Wohnzimmer und der Veranda. Küche und Garderobe waren mit dem Häuschen des Wärters verbunden, das die Umfriedungsmauer auf der Dorfseite mit seinem spitzen Dach unterbrach und von einer Dachrinnenverkleidung aus durchbrochenem Holz eingerahmt war.

Vom Fenster seines Zimmers im zweiten Stock sah er Stefano mit dem Fahrrad um die Ecke zur Uferstraße verschwinden. Sein eigenes Rad erwartete er für den nächsten Tag, wegen eines Versehens war es noch nicht da. Er ging hinunter und hinaus in den Garten. Der Vater lobte den Wärter für die sauberen Wege: Der Mann hieß Antonio, war klein und dunkelhaarig und hatte einen dichten, zerrauften Schnurrbart über wenigen, vom Rauch geschwärzten Zähnen. Er stieß mit der Zunge an und wiederholte jedes Wort zwei- oder dreimal. Der Vater zeigte auf die Wiese, die an die jenseits der Einfriedung gelegene kleine Kaserne der Carabinieri grenzte; dort würde er die Gartenstühle und den Eisentisch aufstellen, während zwischen zwei Pinien der Balken angebracht werden sollte, an dem die Turngeräte zu befestigen waren. Giacomo sah die Ringe, die Trapezstange und die hellen Seile aus Manilahanf im Gras liegen und es wurde ihm ein wenig übel dabei. Der Vater hatte sie dieses Jahr gekauft, weil auch er so schlank und kräftig werden sollte wie sein Bruder. Inzwischen hörte man von der Veranda Claras Stimme, die zum Mittagessen rief. Mit ausgestrecktem Arm und auf Zehenspitzen stehend, zeichnete der Vater mit einem zugespitzten Stöckchen noch die letzten Striche für die Höhe, in der der Balken an den Baumstämmen festzumachen war.

Am Nachmittag ging er mit ihm ins Dorf. Er hielt seine Hand wie früher, als er noch ein Kind war und ihn oft aufs Gericht begleitete, voll Stolz auf seine aufrechte und vornehme, wenn auch nicht hochgewachsene Gestalt, und das Gesicht, dessen Strenge von der Schwermut der dunklen, tiefen Augen gemildert wurde. Er hatte eine feine, aristo-

kratisch gebogene Nase, kleine Hände mit immer gepfleg-
ten Fingernägeln. Giacomo folgte dem Vater mit einer Hin-
gabe, die sich in Bange verwandelte, bei dem Gedanken, ihr
vertrautes Beisammensein könne durch die Begegnung mit
einem Bekannten gestört werden. Der Vater würde am
nächsten Tag wieder abreisen, und sie hatten nicht viel Zeit
miteinander zu verbringen, doch während er ihm zuhörte,
kam ihm alles leicht vor und ohne jeden Schatten. Die Gärten der Villen schienen ihm lieblicher hinter den Gartentoren zu liegen, Gedanken und Bilder sich in eine von
nichts getrübte Entsprechung zu fügen. Wenn der Vater
schwieg, bildeten sich in seinem Kopf Fragen, die er ihm,
das wußte er, nicht stellen konnte. Er spürte ein leichtes
Schaudern bei der Vorstellung, was er wohl antworten
würde, wenn er ihn fragte, warum er anders sei als seine
Geschwister, warum es die Mutter an Zärtlichkeit für sie
fehlen lasse, obwohl es klar war, daß ihr die Gesundheit
ihrer Kinder ungeheuer am Herzen lag; vor allem, ob es
ihm als Jungen auch so schwer gefallen sei, den Weg zu
finden, um der sichere und zurückhaltende Mann zu werden, den er jetzt liebte. Giacomo war in Gegenwart der
anderen immer aufgeregt, als ob er etwas mitzuteilen hätte,
aber fürchtete, es könne ihn lächerlich machen und ihm das
Wort im Hals steckenbleiben.

Doch daran dachte er jetzt nicht. Es war so schön, die
Anhöhe hinaufzugehen, wo sich an der Straße die von der
Sonne gebleichten Häuser mit den Mäuerchen der Gemüsegärten aneinander reihten, aus denen in Girlanden üppi-
ges Blattwerk heraushing. Sie kamen zu einer Pergola, die
über einer steilen Treppe lag und von feinen Eisenbögen

gehalten wurde, und fragten eine Frau nach ihren Verwandten. Sie sollten am nächsten Tag ankommen.

Als sie zur Villa zurückkamen, war es schon mitten am Nachmittag. Im Garten schlug Antonio die Nägel krumm, nachdem der Balken festgemacht war, und er redete auf seine lächerliche Weise, während ihm der Schweiß in den Schnurrbart tropfte. Giacomo hörte ihm gar nicht zu; an einen Baum gelehnt, dachte er an den Augenblick, in dem die Ringe dahängen würden und er einige Übungen würde vorführen müssen. Der Vater ging über die Wiese zwischen den feinen Schatten der Palmen auf dem Gartenweg, die sich in dem Augenblick zur Einfriedung hinneigten. Auch Stefano kam zurück: Er war zum Strandbad »Lido« gefahren und berichtete, wieviel die Kabine und die Einschreibung zum Tennis kosteten.

Der Vater stand da, hatte die Arme hinter dem Rücken verschränkt und die Ellbogen ruhten in seinen Händen, er lächelte. Dann wandte er sich zum Gartenweg, die Mutter und Clara kamen herunter, die Arme um ihre Taillen geschlungen. Die Mutter trug ein weißes Kleid mit grauen Streifen, die heller wirkten, in dem zarten Licht vor dem grünen Hintergrund, aus dem die Hortensien hervorglühten.

Kaum waren die Ringe an den Seilen aufgehängt, da packte sie Stefano und begann gewandt an ihnen zu turnen. Nachher wollte es der Vater probieren, der sich an den gestreckten Armen gerade aufrichtete. An seinen dünnen Unterarmen zeigte sich die helle Zeichnung der Adern auf der Haut. Er führte die Übung noch einmal aus und schnitt auch diesmal eine Grimasse wie ein Zirkusartist. Seit langer

Zeit war sein Gesicht nicht so aufgeheitert erschienen. Auch die Mutter lachte, an Claras Schulter gelehnt.

Dann war Giacomo an der Reihe: Er wußte, daß es ihm nicht gelingen würde, sich mit gestreckten Armen hochzuziehen; auch in der Schule lachten sie ihn deswegen aus. Er fühlte den Blick seines Vaters auf sich ruhen.

Er hängte sich an die Ringe, zweimal hob er die Beine im rechten Winkel hoch, wobei sein Körper schwankte, ohne sich zu entschließen, sich mit einem Ruck ganz hochzuziehen, denn er fürchtete, seine Handgelenke könnten nachgeben. Eine unsinnige Angst hinunterzufallen hatte ihn gepackt. Dann begegnete er dem Blick seines Vaters, der schon beunruhigt war, und er versuchte sich hochzureißen, fiel aber auf den Boden, wobei er mit dem Knie an einen Stein stieß. Er brüllte, als hätte er sich sehr wehgetan, während er nichts empfand als Trotz.

Der Vater ging hinter Clara und der Mutter den Weg hinauf und wandte ihm den Rücken zu. Er war allein geblieben: Es war Abend geworden, die Lichter fielen aus den Fenstern auf die Wiese und zerstückelten sich auf den Büschen. Aus der Küche hörte er das Singen des neuen Dienstmädchens, einer Veneterin, die Antonio ihnen vorgestellt hatte: sie hieß Emilia. Sie desinfizierte ihm die kleine Wunde. Während sie sich mit der alkoholgetränkten Watte über sein Knie beugte, spürte er das Brennen nicht, weil ihr kohlschwarzes Haar einen Duft wie nach Erde ausströmte. Sie trug es in zwei Teile gescheitelt, die über dem Nacken zu einem Knoten zusammengefaßt waren. Einen Augenblick kam es ihm vor, als würde er zittern, dann fühlte er sich müde, plötzlich niedergedrückt von der Last des ganzen Tages.

Beim Abendessen redete nur Clara mit ihm. Vor dem Schlafengehen ging er noch einmal hinunter, um seinem Vater einen Kuß zu geben, der am nächsten Tag abreisen würde und ihn zum Lernen ermahnte, denn er hatte auch in jenem Jahr zwei Fächer nicht geschafft und mußte im Oktober wieder geprüft werden. Vorbei war der Augenblick der Zärtlichkeit, der sie am Nachmittag so vertraut miteinander verbunden hatte. Oben in seinem Zimmer erschien es ihm, als wäre sehr viel Zeit vergangen; ganze Tage, die ersten des Sommers. Hin und wieder hörte er die tiefe Stimme seines Vaters; es war diese Stimme, die er jetzt wer weiß wie lange nicht mehr hören würde, welche die Zeit vorbeieilen ließ. Er konnte nicht einschlafen; durch das offene Fenster wehte eine Brise den Duft der Blumen ins Zimmer.

Am Nachmittag des nächsten Tages ging er mit Stefano ins Strandbad »Lido«. Es waren nur wenige Leute da, die Sonne brannte, aber das Wasser ließ einen erschauern, wenn man nur die Füße hineintauchte. Sie warfen sich miteinander hinein, um sich Mut zu machen, und schwammen auf den See hinaus. Beim Zurückschwimmen konnte er nicht mit seinem Bruder mithalten; als er ans Ufer kam, sah er ihn schon vom Sprungbrett hineinspringen. Er rief ihn zwei- oder dreimal vergeblich vom Wasser aus. Dann merkte er, daß ein großes, dunkelhaariges Mädchen bei ihm war: Sie sprangen um die Wette vom Sprungbrett. Er war neidisch auf ihr Gelächter, das nach jedem Ruck des Sprungbretts zu ihm drang, während er zur Kabine ging. Er fühlte sich allein, er hatte nämlich damit gerechnet, bis zum Abend mit Stefano zusammenzusein. Sofort zog er sich an und ging nach Hause, in der Hoffnung, sein Fahrrad sei angekommen.

Es lehnte an der Mauer neben dem Gartentor und war noch verpackt. Er packte es aus, pumpte die Reifen auf und fuhr hinaus auf die Uferstraße. Nach den Villen taten sich die großen Hotelterrassen auf, mit Korbstühlen und Korbtischchen. Die wenigen Geschäfte hatten Schilder in verschiedenen Sprachen. Er dachte, er werde vielleicht ausländische Jungen kennenlernen. Er freute sich über das neue Fahrrad, dessen Lenkstange genauso gebogen war wie bei einem Rennrad; die frisch geölte Kette surrte. Auf dem Kopfsteinpflaster gelangte er bis vor die alte Kirche, die eine Fassade aus grauen Steinen hatte, und fuhr in rasantem Tempo wieder hinunter, wobei er beinahe zwei ältliche Jungfern mit von einem Netz zusammengehaltenen blonden Löckchen überfahren hätte, die mit einigen dämlichen Ausrufen in englischer Sprache auf den Bürgersteig sprangen.

Es war sehr heiß; nachdem er die Kurve der Landstraße hinter sich hatte, befand er sich neben dem Bahnhof, wo die Züge nach Porletta abfuhren. Auf den Gleisen dämmerten rot und schwarz bemalte Lokomotiven mit Messingschildern, in die nach neunzehntem Jahrhundert klingende Namen eingraviert waren, wie etwa »Stefano Canzio« oder »Luigi Baragiola«. Auch die Lichter und die Geländer waren aus Messing und glänzten in den Strahlen der Sonne, die auf den Berg zu sank. Dort hinauf kletterte die Eisenbahn, und es tat sich ein Tal auf: Er dachte an die Ausflüge, die er in die Wälder machen würde, und an die Sonne auf den Weiden. Dann fuhr er wieder auf der Straße weiter und vor dem ersten in den Fels gehauenen Tunnel machte er halt: Er kehrte um und stürzte sich über die Lenkstange gebeugt in eine wilde Fahrt. Die zwei alten Jungfern sah er wieder, diesmal schon blaß an eine Hauswand gepreßt, und er mußte lachen. Eine freudige Begeisterung war jetzt über ihn gekommen: Jedes Ding erschien ihm schön, während in dem sanft nahenden Abend die Lichter angingen.

Er fuhr hinein in den Garten. Clara saß in einem Liegestuhl auf der in große Schatten getauchten Wiese.

»Wie ist denn das ›Lido‹?« fragte sie.

»Menschenleer. Ein einziges Mädchen war da und das hat Stefano sofort erobert. Eine Meisterin im Springen, nichts als Muskeln.«

Er riß den Liegestuhl unter Clara weg, damit sie auf den Boden fallen sollte, und lachte, sich nach vorne beugend. Aber sie war rechtzeitig aufgestanden und lief ihm kreischend nach. Er versteckte sich im Haus, dann ging er in die Küche hinunter, um sich einen Pfirsich zu holen. Das neue Dienstmädchen saß in einer Ecke und hatte die Kaffeemühle zwischen die Schenkel geklemmt. Ihre ruhigen, schwarzen Augen überrraschten ihn; wie plötzlich nicht mehr gescheit, blieb er stehen und wußte nicht, was er sagen sollte.

Da war sie es, die ihn im Aufstehen nach seiner Schürfwunde fragte. Er hatte sie vergessen. Im Wasser war die Kruste abgefallen, aber sie wollte ihn noch einmal desinfizieren: Sie erzählte ihm von einem Jungen in ihrem Dorf, der an Wundstarrkrampf gestorben war. Sie hatte eine kehlige Aussprache, in höheren Tonlagen wurde sie schrill. Während sie sich hinunterbeugte, um ihn mit Alkohol abzutupfen, sah er den Ansatz ihres Busens. Er rundete sich fest, so hell, wo er sich zu teilen begann, im Kontrast zu ihrem leicht gebräunten Hals, daß er seine Hände an der Tischplatte abstützen mußte, um nicht zu zittern. Wieder beeindruckten ihn ihre schwarzen Haare, während ihr blasses Gesicht ein Schmachten zu verraten schien, nicht unähnlich dem, das er beim Einatmen ihres starken Duftes verspürte.

Die ersten Ferientage folgten rasch aufeinander wie ein Fieber, das die Wangen erhitzt und dessen Abklingen eine Mattigkeit, ein Gefühl der Schläfrigkeit zurückläßt, und dann wieder Hunger nach neuer Mattigkeit und neuem Schlaf. Die Vettern und Cousinen waren angekommen: Elisa, freundlich und nicht schön, mit schwerfälligem Körper, mit einer Stirn, die wie ein kleiner Koffer über den Augen vorstand; Aldo, der so alt war wie Stefano und Aquarelle malte; Mario, ein ruhiger Junge, zwei Jahre älter als Giacomo. Sie waren immer zusammen: sie schwammen, fuhren Boot, gingen manchmal die Straße nach Porlezza hoch, wo ein Tal lag, das seine Gestalt einem tief eingebetteten Flüßchen, dem Senagra, verdankte. Andere Male fuhren sie mit den Rädern und mit Proviant versehen nach Cadenabbia oder auf die entgegengesetzte Seite nach Acquaseria und Gravedona, und wenn sie gebadet hatten, ruhten sie sich auf den Wiesen aus. Sie waren eine lustige Sommergesellschaft, an die sich andere junge Leute angeschlossen hatten: die Dunkelhaarige, die Stefano im »Lido« kennengelernt hatte, sie hieß Elsa, war die Tochter des Besitzers des Hotels Victoria, und ihr Bruder, ein nicht besonders großer junger Mann, der beste Springer des ganzen Strandes, der auch außerhalb des Wassers eine rote Bademütze auf seinem brillantinegesalbten Kopf trug. Dann die Lanfranchi-Mädchen, auch in Mailand mit ihren Vettern befreundet: die größere schlank, mit hellen grünen Augen; die kleinere dicklich und verschlafen, mit denselben Augen, aber verwaschen und verschwollen, so daß sie dreinsah wie ein entgeisterter Fisch.

Stefano ging mit Elsa, Aldo mit der größeren Lanfranchi, der Meister im Wasserspringen mit Clara: ohne daß es ihm gelungen wäre, ein Gefühl bei ihr zu erwecken, denn sie war noch sehr kindlich, obwohl sie schon Abitur hatte. Sie wollte eigentlich nur spielen, die anderen nachäffen und vor allem lachen, bis ihr die Tränen kamen.

Giacomo hatte auf eigene Faust entdeckt, daß Elsa nicht aus lauter Muskeln bestand, sondern von einer so vollen und überzeugenden Schönheit war, daß er sich von ihr angezogen fühlte. Seine Neigung ging aber nicht über die Lust der Augen und das Schamgefühl hinaus, das ihn ganz dumm machte, wenn es einmal geschah, daß er mit ihr allein blieb. Dazu kam, daß Claras Anwesenheit eine solche Leichtigkeit unter ihnen zu verbreiten vermochte, daß nichts zu einschneidend wurde, sobald sich die noch unsicheren Freundschaften andeuteten. Elisa und die kleinere Lanfranchi wurden unzertrennlich, Mario war immer mit Giacomo zusammen, der der jüngste war, aber unter den anderen nicht unangenehm auffiel, in jenen Tagen, als noch alles spontan hervorkam, als ob für die Ferien auch die Großen wieder Kinder geworden wären. Vielleicht achteten sie nicht auf den Altersunterschied oder akzeptierten auch den Jüngsten, weil sie über seine geistreichen Bemerkungen lachen mußten, in denen er, angestachelt vom Verlangen, sich bemerkbar zu machen, seinen Sinn für Humor mit einem Erfindungsvermögen auflud, das nur selten enttäuschte. Die ältlichen Jungfern, die er mit dem Fahrrad erschreckt hatte, waren zu Hauptpersonen geworden, ebenso der Wärter Antonio, dessen Stimme er nachahmte und dessen Reden mit ihren Ausrufen und den falsch angewandten Sprichwörtern er nachmachte. Aber vielleicht waren es die anderen, die das Lächerliche an seinen Vergleichen und an den witzigen Sprüchen, die ihm spontan einfielen, wenn er zuviel redete und erregt war, ergänzten oder aufbliesen: Die Wahrheit war, daß sie lachten, sich unbefangen und sorglos fühlen wollten, bevor sie sich auf das nicht überschaubare und unbekannte Terrain der neuen Freundschaften begaben.

Auch diese Tage der Erwartung gingen vorüber: Stefano wies ihn jetzt ab, wenn Elsa bei ihm eingehängt war; er antwortete einsilbig. Bei den Ausflügen blieben Giacomo und Mario zurück. Zuerst hatten alle über seine Erfindungen gelacht, er hatte sich von den Mädchen bewundert, von Mario beneidet gefühlt, in den kurzen Momenten des Überschwangs, an dessen Stelle jetzt der Groll getreten war. Er glaubte zum Zeichen seiner Minderwertigkeit auf ewig kurze Hosen tragen zu müssen. Zwischen ihnen beiden und den Großen entstanden lange Schweigepausen, Giacomos Worte fielen in ein Loch, wurden von niemandem aufgenommen, und auf einmal merkten sie, daß die Großen auf dem Maultierpfad den Berg entlang weitergingen oder daß sie beide allein am See zurückblieben, während die anderen mit Booten weggefahren waren, ohne sie zu rufen. Sie fanden sie dann wieder beim Tanzen im großen Wohnzimmer im Erdgeschoß der Villa oder im Hotel Victoria.

Giacomo fiel es schwer, sich damit abzufinden. Mario, der schon größer und von Natur aus ruhiger war, beschäftigte sich mit dem Bauen von Kreuzermodellen, deren Türme aus Korken bestanden. Aber Giacomo konnte es nicht ertragen, daß er links liegen gelassen wurde, während die anderen mit ihren vagen Reden und den Blicken zu einem Kreis zusammengetreten waren, wo zwar noch keine Leidenschaften im Spiel waren, sondern zerbrechliche Sympathien, kaum angedeutete Gefühle, und wo jeder Angst hatte, all das wieder zu verlieren, nicht ganz zu verstehen, irgendwie davon überholt zu werden. Jene Reden und die Blicke erschienen Giacomo als die Ringe des Unausgesprochenen, das sie alle miteinander verknüpfte, auch Clara und den Meister im Springen, auch die zwei ein wenig abseits stehenden Mädchen als Komparsen einer Szene, die Weite verlangte und sich bei den abendlichen Spaziergängen anbahnte, an denen er nicht teilnehmen durfte. So fiel er, am Rande dieser Sommergesellschaft stehend, in die Leere der Einsamkeit, während er noch die Wärme des Erfolgs verspürte, der ihm jetzt, da zu schnell vergangen, nicht mehr echt erschien: Er erwies sich als eine Täuschung seiner Vorstellungswelt wie die Träume von Überlegenheit und Abenteuer, die jedesmal auf seine Jungenlektüre folgten. Es blieb ihm die Schamröte, weil er sich zur Schau gestellt und geglaubt hatte, er könne den Altersunterschied durch einen Satz auslöschen, über den die Mädchen lachen mußten und der jetzt keinerlei Wirkung mehr erzielt hätte.

Schnell wurde es Juli. In den Hotels fanden die ersten
Bälle statt; die eigentliche Saison würde aber erst im September kommen. Clara zog ein langes Kleid an und kam,
um sich bewundern zu lassen, bevor sie ausging. Stefano
war im Smoking und Giacomo leistete ihm Gesellschaft,
wenn er sich im Bad fertigmachte und sich vor dem Spiegel
die Krawatte band. In seiner Stärke und Jugend, mit den
dichten Augenbrauen und den samtenen, dunklen Augen,
die genauso waren wie die des Vaters, schien er ferner denn
je, ausgerechnet in dem Augenblick, in dem er ihm eine
größere Vertraulichkeit anbot.

Von den Bällen redeten sie am nächsten Tag bei Tisch. In
seinem Kopf blieben die Episoden und Namen von Personen, die er in den Gesprächen der Geschwister gehört hatte,
mit dem Prestige des Unerreichbaren. Wenn das Fest in
Menaggio stattfand, schaute er sich mit den Dienstmädchen vom Gartentor aus an, wer alles hineinging.

Emilia legte ihm ihre Hand auf die Schulter und sagte:

»Würdest du auch gerne einen Abendanzug anziehen
und tanzen?«

Im Dunkel sah er, von den Straßenlaternen nur schwach
erhellt, Emilias Gesicht: bleich und von den großen schwarzen Augen schier aufgezehrt; einen Augenblick lang stellte
er sich vor, wie er sich rächen würde, indem sie, in eine
Abendtoilette mit Schleppe gehüllt, mit ihm aus einem der
Motorboote aussteigen würde, die vor dem Steg des Hotels
in einer Schlange warteten. Niemand würde sie erkennen.
Aber wie er so mitten im Gedränge der Dienstmädchen
und Kinder stand, ging ihm dieses Bild angesichts der
Wirklichkeit verloren, sein Verlangen verschärfte sich und

wurde melancholisch. Er suchte nach dem nackten Arm des Mädchens, der sich unter seinen verstohlenen Liebkosungen kühl und fest anfühlte. So vereint gingen sie nach Hause, während Elvira am anderen Arm Emilias ununterbrochen in ihrem Dialekt redete und das Echo der Musik in den Gärten verklang, aus denen ein starker Jasminduft aufstieg.

Aber während die Abende in den Lichtern und in den unterdrückten, quälenden Wünschen rasch verglühten, schien in den Stunden, die er über den Schulbüchern verbrachte, die Zeit stillzustehen, auszusetzen. Es waren lange Nachmittage: In der Stille und im Dämmerlicht der angelehnten Fensterläden kam ihm das Haus größer vor. Die Geschwister und die Mutter schliefen oder lasen auf ihren Zimmern. Giacomo setzte sich auf die Veranda im Erdgeschoß.

Durch die Fenster fielen die Sonnenstrahlen schräg zwischen den glänzenden Blättern der Magnolie ein, die an der Ecke der Veranda wuchs; die Vögel, die dort ihr Nest gebaut hatten, schwiegen, und der Widerschein lüpfte die dicht gedrängten, schwarzen Linien auf der Seite des Wörterbuchs hoch, auf der sich sein Blick verlor. In der Übersetzung kam er kaum voran, denn er vergaß bei jedem Satz immer wieder den Sinn. Alles lenkte ihn ab: die Fliegen, die sich oben zwischen den zwei Türen gegen den Spiegel warfen; eine Wespe, die um die Blumen in der Milchglasvase surrte. Aus Furcht, er könnte gestochen werden, hielt er inne, die Füllfeder in der Hand. Dann hörte er in der Ferne das nervöse Gehämmer eines Außenbordmotors oder in der Nähe einen Gesang auf dem Weg hinter dem Haus, Aldos Stimme, die Stefano vom Garten her rief. Diese Laute weiteten den Raum um ihn herum aus, stellten in unaufhaltsamer Langsamkeit den Lauf der Zeit ab. Eine Schläfrigkeit überkam ihn, mit kurzen wachen, aber irgendwie abstrakten Augenblicken, die fern von der unverständlich gewordenen Aufgabe waren und ihm immer wieder dieselben Eindrücke brachten. Während sich sein Blick auf die Hortensien heftete, löste sich bei einem Windhauch ein Schmetterling, beinahe ein Blütenblatt, denn seine Flügel hatten dieselbe verblichene Farbe. Einen Augenblick lang schien das Zimmer verwandelt: Der Spiegel in dem schweren, vergoldeten Rahmen dehnte sich unermeßlich weit, die Fliegen strichen über ihn wie Möwen über eine Wasserfläche; die Heftseite schimmerte weiß wie ein ausgetrocknetes Flußbett, aus dem dürr und gewunden seine Schriftzüge hervorstarrten und wie Dorngestrüpp aussahen.

In solchen Stunden spürte er, wie in seinem Körper etwas Unbekanntes anschwoll, dickes Blut in seinen Ohren pochte. Sein Gedächtnis zeigte sich auf einmal befleckt von Vorstellungen, die beinahe wehtaten. Eines Tages hatte er sich vom Tischchen der Veranda den Roman genommen, den seine Mutter las, und hatte ihn heimlich verschlungen. Dort war die Rede vom Leben eines jungen Mädchens im Wien der Nachkriegszeit. Wie in einem Film, von dem, wenn es nach einer kurzen Pause wieder dunkel wird, jedesmal wieder dieselbe Szene erscheint, so erstand vor seinen Augen immer wieder der Anblick der jungen Komteß, die das Zimmer des Offiziers betrat und dabei war, dessen Geliebte zu werden: Nachdem sie die Kordel ihres Négligés aufgemacht hatte, entblößte sie sich mit einer leichten Schulterbewegung. Der unreife bebende Körper, der aus der seidenen Hülle trat wie eine Frucht aus der Schale – das Bild stand so im Roman – blieb einen Augenblick in seinen Augen und seinen angespannten Sinnen. Wenn er dann das Bild zurückholen wollte, um ein Detail deutlicher festzuhalten – den Blick des jungen Mädchens, die Spitzen ihrer Brüste –, wurde es unscharf und löste sich auf, aufgezehrt von der ängstlichen Unruhe, mit der er danach suchte.

Die Erzählungen eines Klassenkameraden, eines Repetenten namens Reggiani, kamen ihm in den Sinn, eigentlich suchte er sie nach der Enttäuschung, die er erlebt hatte, zu fassen zu kriegen. Reggiani war groß und schlank, beinahe schon ein junger Mann, hatte ein gelbes, vorzeitig welkes Gesicht und einen Wappenring am Finger. Er rühmte sich glücklicher und nicht sehr glaubwürdiger Abenteuer, die ihm aber jetzt beinahe obsessiv in den Sinn kamen, eben weil sie etwas Falsches an sich hatten. Einmal hatte er Giacomo eine sepiafarbene, etwas verstaubte Photoplatte gezeigt, die er mit Daumen und Zeigefinger ins Gegenlicht hielt und bei der eine Ecke abgebrochen war. Darauf sei eine seiner Geliebten zu sehen, versicherte Reggiani mit triumphierendem Gehabe: nackt hingekauert auf künstliche Felsen, wie man sie in den öffentlichen Anlagen sah. Ihr Gesicht zeigte sich vom Profil mit einem leichten Lächeln, das ihren Mund erstarrt zeigte, als wäre er in eine Kamee eingeschnitten, doch dem Objektiv hatte sie ihren Rücken zugewandt. Ihr Haar wallte beinahe bis zur Taille den Rücken hinab, ohne aber das Kreuz zu verdecken, das sich wölbte und in zwei Kugeln von der Blässe geheimen

Fleisches endete, in denen eine tierische Sinnlichkeit angesammelt zu sein schien, und Giacomo hätte nicht sagen können, ob das von der Wärme kam, die sie ausströmten, oder aber von der Weichheit der üppigen Kurven, die durch die altmodische Pose, beinahe ins Lächerliche gezogen von den bis über die Waden reichenden engen Stiefelchen, noch hervorgehoben wurden.

Wenn er sich derlei ins Gedächtnis rief, entfachte sich ein Beben, eine Hitzewallung in seiner Schläfrigkeit. Es war eine Last abgenutzter, verschwommener Bilder, die er, seinen Kopf anstrengend, zu wiederholen und aufzubrauchen versuchte. Da er keine Freunde hatte und viel allein war, war er noch zu keiner klaren Vorstellung über das Geschlecht gelangt, und die Wörter und Darstellungen, die er damit verband, irrten in seinem Kopf herum wie Steinchen eines Mosaiks, das er nie ganz zusammenzusetzen vermochte. Diese Welt zerfiel für ihn in schlüpfrige Betrachtungen in seinem Gedächtnis, in unvollständige Liebkosungen, die ihn so unruhig machten, als wollte er in ängstlicher Ungeduld den Abschluß, der ihm bis jetzt noch nicht klar war, endlich erreichen. Auch verknüpfte er diese Besorgnisse nicht mit den Andeutungen zwischen seinen Geschwistern und Vettern – deren Verschwörung ihm sentimentaler Art zu sein schien, nicht von den Flecken besudelt, die dagegen seine Gedanken beschmutzten – und er konnte und wollte sie nicht verbinden mit der Gestalt seiner Mutter, seiner Schwester und auch nicht mit den Männern und Frauen, in deren nächster Nähe er lebte. Es war die dunkle Irrealität dieser Gedanken, die ihn anzog, ihr Auftreten in einem zweideutigen Unterholz jenseits der

34

scheinbaren Klarheit der gesellschaftlichen Beziehungen, wie eine verschwiegene, aber notwendige Erfahrung, um ohne Furcht oder falsche Scham in den bewußten und daher leichteren und durchsichtigen Kreis einzutreten, in dem seine Geschwister und ihre Freunde leben konnten.

Es kam jemand herunter; mit einem Ruck beugte er sich wieder über die Bücher. Er hatte Angst, alle könnten seine Gedanken lesen. Oder Mario tauchte im Garten auf und bat ihn herauszukommen, indem er an die Fenster der Veranda klopfte. Sie gingen zum »Lido«, zum Tennis oder zu ihm nach Hause, wo er ihm seine kleinen, eisengrau gestrichenen Kreuzer zeigte. Sie hatten den Plan, zwei Regattenkutter zu bauen, für jeden einen, sobald sie das Papiermodell von der Schiffszeitschrift haben würden, bei der sie es angefordert hatten. Aber all das reichte nicht aus, um ihn abzulenken: Die Schlaffheit seiner einsamen Nachmittage hielt in einer Art Betäubung an, die alles dämpfte, als geschähe es jenseits seines Blutes, das sich hinter wollüstigen, bitteren Bildern klumpte.

Manchmal drang bis zu seinem Tisch, um die Suggestionen, die ihn umgarnten, unmittelbar zu machen, so unmittelbar, daß sie ihm eine Unruhe einflößten, die ihn aus seiner Schläfrigkeit riß, das leise Singen Emilias. Oder er hörte unter der eintönigen Stimme Antonios aus dem Gemüsegarten unerwartet ihre Stimme hervorsprudeln, ohne daß er jedoch den Sinn der Worte hätte verstehen können. Im übrigen verstummten die beiden sofort, fast als wären sie untergegangen in der Stille des Nachmittags oder erstickt im kehligen Lachen des Mädchens, das in ihm mit Gewalt die Sinnlichkeit ihres Gesichts und das Bedürfnis wachrief, dessen Wahrhaftigkeit zu überprüfen, als könnte es sich wandeln und ihm etwas Unbekanntes, vielleicht Unschickliches enthüllen, worauf er schon im voraus eifersüchtig war. So spähte er über die Hortensienbüsche, welche die Basis der Veranda umhüllten, und sah ihr glänzendes schwarzes Haar über der Linie der gelben, getrockneten Bambusrohre, die den Gemüsegarten vom Rest des Gartens trennte.

Da konnte er es im Sitzen nicht mehr aushalten. Er stand auf, ging mit schweren Beinen durch das im Halbdunkel liegende Wohnzimmer. Die wenigen Schritte über den blendenden Kies betäubten ihn schließlich. Er ging in den Nutzgarten und, sobald sich Emilia umdrehte, und er ihren blassen Teint und ihre Augen wiedersah, die ihm einen Augenblick von einem Fieber verzehrt schienen, das seinem eigenen glich, fürchtete er, sie könne seine noch nicht erloschenen Gedanken lesen, die er auf einmal als eine Last empfand.

»Das viele Lernen, bist du noch nicht müde?« begrüßte sie ihn, mit einem Unterton, der jedesmal Giacomos Verlangen kitzelte. Er hätte dieses Lachen auf ihrem Mund ersterben lassen mögen. Ihr Tonfall brachte ihm immer einen Hauch Wirklichkeit, etwas, das ihn erschütterte und unweigerlich dazu führte, daß ihn seine Unbeholfenheit im Hals würgte, ihm die Worte wegnahm, bevor er sie zu formen vermocht hätte.

Eines Nachmittags hatte er Antonio im Nutzgarten ertappt, wie er sich vor ihr über ein Salatbeet beugte. Schwitzend, mit erdbeschmutzten Händen, das weiße Brusthaar wirr halb aus dem zerlumpten Unterhemd hervorstehend, stieß er schmatzend Worte hervor, die für ihn, Giacomo, keinen Sinn ergaben, über die aber Emilia herzlich lachte und dazu den Kopf schüttelte. Er spürte, wie er rot wurde, fast als würde ihm dieses Lachen in der Seele brennen, und noch mehr, weil er dessen Grund nicht verstand und einen groben Scherz dahinter vermutete.

Über die zerbröckelte Erde kroch in ihrem eigenen Geifer eine fette Raupe. Antonio verstummte, als er Giacomo bemerkte, und während er seinen Blick aufs neue zur Erde wandte, sah er die Raupe. Mit einem Fluch zertrat er sie, dann wandte er ihnen sein schwarzes Gesicht zu, wobei er spöttisch lachend die Augen zukniff.

In einem Sonnenfleck zwischen breiten Salatblättern war ein dunkler, mit Galle geäderter Streifen zurückgeblieben, und schon brachen Scharen von Ameisen aus den Erdschollen. Giacomo wurde schwindlig, ein Gefühl der Übelkeit streifte seinen Mageneingang. Während er sich wieder aufrichtete, denn auch er hatte sich hinuntergebeugt, sah er von hinten ihre leicht von schwarzem Flaum überzogenen Waden. Oberhalb der helleren Kniekehle erschien die Haut zarter und von einer elfenbeinfarbenen, milden Wärme, die sich verflüchtigte, wo der Blick nicht hinreichte. Sie hielt ihr Baumwollkleid hoch, um die Salatköpfe aufzufangen, die Antonio ihr zuwarf.

Jetzt stand er nahe bei ihr und atmete den leichten Geruch ihrer schwitzenden Haut und den ihres Haars ein, das genauso zu riechen schien wie die aufgelockerte Erde. Sein Atem ging stärker und schneller. In der ganzen Zeit hatte er kein Wort gesagt. Zitternd verließ er den Garten, unfähig zu verstehen, warum er von ihr wegging, aber er konnte auch nicht mehr in ihrer Nähe bleiben, ohne sie zu umarmen oder zu weinen. Das vertraute Gelächter der beiden klang ihm noch in den Ohren. Dann hatte er sein Fahrrad geholt und sich in einer schnellen Fahrt durch den Ort Luft gemacht.

Wenn er mit ihr allein war, spürte er immer, wie ihn augenblicklich eine Flauheit in Körper und Geist überkam, wofür er sich selbst haßte. Es verschlug ihm die Sprache und die Kraft, ihren Blick auszuhalten, weiter ihren kehligen Tonfall anzuhören, der sie entblößte, ihm ihre weit auseinander stehenden und spitz aus der kräftigen Farbe des Zahnfleischs hervorkommenden Zähne enthüllte. Aber wenn dieser Augenblick der Lähmung vorbei war und er daran zurückdachte, erschien es ihm trotzdem, als würde sie ihm anders zulächeln als den anderen, fast als bestünde ein Einverständnis zwischen ihnen beiden und als schmeichelte ihr Giacomos Verwirrung. Um diese Illusion wiederzufinden, mußte er warten, bis es dunkel wurde und er ihren nackten Arm streicheln konnte, was er auf ihren gelegentlichen Abendspaziergängen den See entlang immer wieder tat.

Es war auch vorgekommen, daß er, die Treppe hinauflaufend, mit ihr zusammengestoßen war und, als hätte er sie vor dem Hinunterfallen bewahren wollen, ihre Taille umschlungen und seine Hände auf ihre Hüften gedrückt hatte. Von ihrer Weichheit war er erstaunt gewesen. Er hatte gleichzeitig Freude und Scham verspürt, als hätte er erst da den vollen, nicht eingebildeten Reichtum ihres Körpers unter dem ausgewaschenen, dünnen Stoff ihrer Schürze entdeckt. Und während sie sich aus seinen Händen losmachte, sah er sie in einem merkwürdig rauhen und zugleich verlorenen Lächeln erglühen, das er bis dahin noch nie an ihr bemerkt hatte.

Das neue Lächeln hatte ihn den ganzen Tag verfolgt, es war anders selbst als das, das um ihren Mund lag, wenn sie abends, an den Gartenzaun gelehnt, die Scherze der zwei jungen Carabinieri erwiderte. Den einen, einen Blonden mit rötlicher Haut, hatte er an zwei, drei Abenden, an denen sie keinen Spaziergang gemacht hatten, dabei ertappt, wie er mit ihr in der Küche plauderte. Es war ein unverhohlenes, intensives Lächeln, das er nicht einmal wiederfand, als er ihr später seine Hand auf den Arm legte. Einen Augenblick danach hatte sie ihren Arm, fast als wollte sie ihn abweisen, unter den seinen geschoben. Er stellte fest, daß er so, ohne etwas dazu getan zu haben, bei jedem Schritt ihren Busen streifte. Dann drückte er ihn mit dem Handrücken, um mit besserer Tuchfühlung dessen Gewicht zu spüren. Es war so ähnlich wie bei einer Frucht, die aus ihrem übervollen und glühenden Körper herausquoll und jedesmal entwich, wenn er die Frucht zu pflücken glaubte.

Als sie auseinandergegangen waren, hatte er es im Licht der hell erleuchteten Küchenfenster im Beisein von Elvira nicht gewagt, sie anzusehen. Er war auf sein Zimmer gelaufen und hatte nicht sofort einschlafen können. Ihr Gesicht kehrte in einem stets schmachtenden Ausdruck wieder und auf seiner Hand spürte er aufs neue das entweichende und gleichzeitig hartnäckige Gewicht.

Mitte August kam der Vater wieder, um eine Woche zu bleiben. Giacomo bemerkte ihn fast gar nicht. Er hatte ihn wieder einmal enttäuschen müssen, denn die Turngeräte hatte er nie benutzt und beim Lernen war er kaum vorwärts gekommen. Er fühlte sich schuldig, wenn er ihn ansah: als hätte er das Gefühl, der Vater müsse, ohne es zu ahnen, die Folgen dessen ertragen, was mit einem Mal in seinem Gemüt auftreten konnte. In seinem altmodisch anmutenden Leinenanzug, seinem rohseidenen Hemd mit dem offenen Kragen und dem leichten Panamahut, die alle zusammen seine städtische Hautfarbe noch weißer wirken ließen, erschien er ihm wehrlos. Im übrigen waren sie nie zusammen. Er ging mit der Mutter Verwandte oder Bekannte besuchen, die dann zum Tee in den Garten kamen. Es war Giacomo, als hätte sich zwischen ihnen beiden schon etwas geändert. Vielleicht fürchtete er um sein Geheimnis, wenn die Augen seines Vaters auf ihm ruhten, deren milder und durchdringender Ironie er hätte entgehen mögen.

Tagsüber spielte sich jedoch zwischen Giacomo und Emilia alles genauso ab wie früher, neu war nur die kühnere Liebkosung an den wenigen Abenden, an denen sie miteinander einen Spaziergang machten. Sie wollte oft mit Elvira ausgehen und sagte, sie gingen ins Kino, wohin er nicht mitkommen konnte. Wenn sie ihm begegnete, lächelte sie immer, streifte ihn wie zum Spaß mit der Hüfte, vielleicht um in seinem Gesicht die Verwirrung zu sehen, die er nicht zu verbergen vermochte. Es war, als würde er einem Weinen freien Lauf lassen und könnte nur bei ihr Verständnis finden, die schon zeigte, daß sie ihm aus dem Weg ging.

Aber nachts vor dem Einschlafen war es anders: Wie eine Verabredung wiederholte sich jedesmal der lange Augenblick, in dem er mit unregelmäßigem Atem, den Kopf in das Kissen gegraben, auf einem dunklen und fesselnden Bild von ihr herumtappte. Er stellte sie sich nackt vor in ihrem geheimen Reichtum, von der Dunkelheit umzüngelt, die Schultern und die Brust schneeweiß im Licht, den Bauch in einen Flecken versunken. Eine verworrene, unsichere Obsession, so unsicher und verworren wie seine Erinnerungen, das Negativ des zwischen den künstlichen Felsen liegenden Aktes, die weiblichen Körper am Strand, jede anonyme und bruchstückhafte Nahrung seiner Phantasie. Wenn er das Bild mit einer Liebkosung streifte, brach etwas in ihm in einer kurzen Befreiung auf und ließ ihn hinterher benommen und voller Scham zurück.

Eines Abends schließlich, kurz nachdem der Vater abgereist war und alle ausgegangen waren – Elvira hatte allein ins Kino gehen wollen –, hörte er Emilias Schritt in dem Zimmer, das sie im obersten Stock, über dem seinen, bewohnte. Giacomo hatte schon ein wenig geschlafen, und jene Schritte zeigten ihm unvermittelt ihre Gestalt und ihre Gesten, während sie sich auskleidete, in hellem Licht. Seine Schläfen pochten; ohne es zu merken, war er auf einmal aus der Tür. In der Dunkelheit stieg er die Treppen hoch, wobei er versuchte, kein Geräusch zu machen. Er fühlte sich wie ein Dieb, fürchtete, es könnte ihn jemand ertappen. Ein Lichtstreifen, der unten durch die Tür kam, legte sich über den Treppenabsatz. Den Schritt des Mädchens hörte er nicht mehr.

Er drückte auf die Klinke und die Tür gab nach. Durch das ovale Fenster schien der Mond herein und beleuchtete das Bett. Ihr Gesicht lag fast im Dunklen und erschien noch bleicher. Er sah, daß ihr Blick auf ihn geheftet war.

»Giacomo«, sagte sie leise, »bist du's?«

Da er sich nicht vom Fleck rührte, steif an die Tür gelehnt stand, sein Herz wie wild schlug, redete sie wieder, mit einer veränderten Stimme, die ihm wie eine Liebkosung erschien:

»Komm her.«

Auf Zehenspitzen näherte er sich dem Bett. Er bewegte sich in dem beinahe unwirklichen Licht wie in einer der Erscheinungen, die ihn nachts überraschten, wenn er nicht schlafen konnte. Sie ergriff seine Handgelenke und zog ihn an sich. Während er sich auf den Bettrand kniete, drückte er seine Wange an ihre nackte Schulter. Ihr Duft verwirrte ihn. Hinter ihrem Kopf verdichtete sich auf dem weißen, vom Mondlicht beschienenen Kissen ihr Haar zu einem dunklen, geheimen Wald, von dem sich ihr blasses Gesicht abzeichnete, aber ohne das Lächeln, das ihn immer kitzelte, auf den jetzt trockenen und halb geöffneten Lippen. Ihre Augen funkelten, waren wie Glas, in dem das Licht Tiefe gewann.

Er machte seine Hände frei, um ihren Busen zu suchen: Sie stießen zappelnd gegen das ein wenig rauhe Linnen ihres Nachthemds. Sie selbst bot ihm schließlich ihren Busen, indem sie das Hemd wegschob; ihm erschien er brennend heiß, dann drang ihm dieses Feuer unter die Haut. Er befühlte ihn ganz, ohne zu wissen, wo er innehalten sollte. Er füllte seine Hände mit dem Reichtum, den sie vor ihm verborgen hatte, und der vor der wiederholten Liebkosung nicht zurückwich, sondern sie immer wieder aufs neue verlangte, was ihn jedesmal wieder verzückte. Er war wie auf einem dunklen Weg, der ihn erbeben ließ und weich war, und wo er den stechenden Geruch ihres über der Stirn und den Wangen liegenden Haars wiederfand. Ein harziger Hauch von Erde und Frau erschien ihm als der Geruch ihres Blutes.

»Giacomo«, hatte sie zwei-, dreimal gesagt, zornig, so war es ihm erschienen, wobei sie ihre Brust bewegte, um sich loszumachen. Aber er klammerte sich an sie, als müßte er den Duft und die Wärme, die sie ausströmte, aus ihr herauspressen und -saugen. Dann ließ er sich keuchend auf sie sinken. Er suchte ihren Mund, ihre Hand, aber kaum hatte er sie erreicht, hatte sie sich geschüttelt, ihn gewaltsam weggeschoben und das Lämpchen auf dem Nachttisch angemacht.

Er war am Fußende des Betts geblieben. In dem schwachen elektrischen Licht starrte er auf sie, ihr zerzaustes Haar und ihr verrutschtes Hemd, ihr beinahe böses, verändertes Gesicht mit den bebenden, prallen Lippen. Ihre Schönheit erschien plötzlich nicht mehr fern und obsessiv, sondern grob und gebrochen.

Eine Betäubung hielt ihn umfangen, wodurch alles zeitlich wegrückte: Er empfand sich beinahe als Zuschauer seines Erwachens. Er sah den Busen unter dem Ausschnitt verschwinden, und als ein Fleck, eine zerknitterte Blume erschien ihm die violette Spitze, die einen Augenblick am Saum des Nachthemds zögerte. Da sie von der hellen Haut der Brust so sehr abstach, sah sie eher einem geträumten Gegenstand ähnlich, der im wirklichen Licht verwundert. Auch ihre Augen waren anders: Sie entzogen sich ihm, als wäre es jetzt sie, die sich schämte und sein Lachen fürchtete. Als eine Illusion erschien ihm ebenfalls das Flüstern, beinahe ein Stöhnen, das er auf ihren Lippen entdeckt hatte.

Sie hatte sich gesetzt und den Kamm genommen. Während sie ihr Haar zurückkämmte, nahm sie eine Haarnadel von den Lippen und sagte leise:

»Ich hab dich gern, aber du bist noch ein Kind.«

So zerbrechlich waren ihre Worte, daß sie eher gewirkt hatten, als hätte sie sie gedacht statt ausgesprochen. Er verstand nicht, warum er jetzt wieder ein Kind wurde, wo sie doch eine geraume Weile unter seiner Umarmung gelitten hatte und ihre Lippen jede Lust zu lächeln verloren hatten. Trotzdem freute es ihn auch, daß sie ihn ein Kind genannt hatte, denn dadurch nahm sie ihm die Verantwortung für das Geschehene ab, vor der er Angst hatte. Als hätte er in ihr etwas Wildes und Rohes erweckt, dem er sich nicht zu stellen traute.

Sie stand vom Bett auf und hängte sich ein Jäckchen um die Schultern.

»Ich will dir etwas sagen: Ich bin verlobt.«

Es schien ihm, als würde sie sich bei dem Gedanken, wie leicht erschaudernd, unter der leichten Wolle zusammenziehen. Draußen hatte sich ein Wind erhoben, der die Wipfel der Bäume schüttelte.

Noch auf dem Bettrand sitzend, schaute er sie an. Sie hatte gesagt, er sei noch ein Kind, trotzdem fühlte er sich reif, er hatte unvermutet einen Sprung nach vorne getan: so daß er, ohne daß ihm der Grund dafür bewußt wurde, sie und ihre Geschichte als banal beurteilte, zu einer anderen Ordnung gehörig als der Reichtum ihres Körpers, der ihn mit solcher Kraft angezogen hatte, aber als etwas Geheimnisvolles. Durch ihre Worte schien jetzt ihre Schönheit zu erblassen und das Geheimnis ärmlich zu werden.

»Mit wem?« fragte er: Es war, als wisse er es schon und als wäre es ihm gleichgültig.

»Mit Bruno, einem aus meinem Dorf.«

Sie hatte einen Schritt zum Fenster hin gemacht; sich ans Fensterbrett gelehnt, wobei sie ihm den Rücken zukehrte.

»Ich darf ihm keinen Verdruß machen. Auch wenn ich dich gern mag, verstehst du?«

Sie erschien größer dort am Fenster, wo Licht und Dunkel nicht künstlich waren: und entfernter. Als hätte er nichts mit ihr zu tun und sähe sie mit einem zu klaren Bewußtsein an, das etwas Feiges an sich hatte. Im übrigen war es schön, im Dunkel zu bleiben und zu begreifen zu versuchen, während die Kühle der Nacht, die von den feuchten Gärten aufstieg, ihm über die Stirn strich. An sie zu denken und an sich selbst und daran, daß sie nach Kinderweise zu ihm gesagt hatte: »Ich hab dich gern.« Für sie bedeutete es etwas, für ihn nichts; er hatte sie nicht gern, es hatte ihn zu ihr getrieben, weil er ihren Körper kennenlernen, seine Besessenheit überwinden und ihr das Lächeln nehmen wollte, das ihm so lange wehgetan hatte, bis er sah, daß sie ihn beinahe um Hilfe bat, erschüttert unter seinem Gewicht, wie es ihm selbst geschah, wenn ihm in der Nacht ihr Bild erschien.

Durch das weit geöffnete Fenster drang ein Widerhall von Tanzmusik. Vor dem Mondlicht zeichnete sich Emilias Gestalt dunkel ab, und ihre Reglosigkeit war feierlicher als ihre Worte, die ihm jetzt den dämlichen Worten eines Schlagers zu gleichen schienen. Er spürte, daß er verlegen wurde und widerspenstig: Vielleicht hätte er jetzt zu ihr treten und etwas zu ihr sagen sollen. Aber alles war plötzlich vorbei. Er fror nur und es war ihm ein wenig übel.

Sie hatte sich umgedreht: Einen Augenblick erschien ihm ihre Gestalt, die groß und weich im Gegenlicht stand, noch begehrenswert in der Erinnerung an ihren Busen, an die Umarmung, mit der er sie an sich gedrückt hatte. Aber dann war er nicht imstande gewesen, den Kuß zu erwidern, den sie ihm gegeben hatte, einen Kuß, der feucht auf seiner Stirn blieb. Er stand vom Bett auf, plötzlich von dieser Vertraulichkeit befremdet. Er hatte zum Abschied etwas gesagt, während er zur Tür ging. Sie war wieder ans Fenster getreten.

Während er die Treppe hinunterging, glaubte er gehört zu haben, daß sie zu singen anfing, aber so leise, daß er nicht ganz sicher war.

Auch wenn sie ihm nach dieser Nacht nicht zu verstehen gegeben hätte, daß sie sich seinen Liebkosungen nicht mehr hingeben würde und, obschon sie ihm jetzt vertraulich zulächelte, es vermied, ihn auch nur leicht zu berühren und mit ihm allein zu bleiben, hätte es Giacomo nicht mehr zu ihr getrieben oder er hätte, bevor es ihn zu ihr getrieben hätte, mit dem unerwarteten Gefühl kämpfen müssen, daß er zwar eine nötige Erfahrung gemacht hatte, aber daß gleichzeitig der Gegenstand seines Verlangens zufällig gewesen war und zu einer eigenen, ihm fremden

Wirklichkeit gehörte. Er überlebte nur noch am Rand einer genaueren Vorstellung, die Giacomo jetzt zu beherrschen fähig war. Sobald er sich vor dem Einschlafen wieder nach ihr sehnte oder seine Augen sie entkleideten, wenn er sie flüchtig sah, wie sie gebückt die Treppenstufen putzte, erschöpfte sich die Besessenheit der letzten Wochen darin, daß er sich an ihr schmerzvolles und bekümmertes Gesicht bei der Umarmung erinnerte, die ihm als der Gipfel seiner eigenen Erfahrung erschien. Er würde sie in der Zukunft mit anderen Frauen wiederholen und vertiefen können; aber sie hatte ihm als Hilfe ausgereicht, die Mauer von Unsicherheiten zu überwinden, auf Grund derer er geglaubt hatte, er sei anders als die anderen. Er empfand auch ein wenig Stolz: Er war kein Kind mehr, und es freute ihn, daß es ein Geheimnis geblieben war.

Die Sommertage schmolzen dahin unter der blendenden Hitze. Er spürte ihr Licht in den Pupillen, sah, daß seine Arme gebräunt waren, und sie kamen ihm auch schlanker und muskulöser vor. Aber wenn er auch seine Unbeholfenheit abgelegt hatte, entdeckte er in seinem Körper eine akute Empfindlichkeit, ein quälendes Schmachten ohne Gegenstand. Es war, als wüßte er nicht, was in ihm vorging, wenn er sich in der Stille des Nachmittags beinahe ohnmächtig auf sein Bett sinken ließ: die Hitze, der klebrige Schweiß und der scharfe Geruch seiner Haut erniedrigten ihn. Abends folgte er ihr nicht mehr auf den Spaziergängen. Oft holte sie Bruno ab, der jetzt mehr freie Zeit hatte, aber er war nicht eifersüchtig. Im Gegenteil, es erschien Giacomo, als hätte er sie ihm überlassen: Sie erschien ihm auch weniger schön, obschon er mitunter, wenn sie nahe an ihm vorüberging, das Verlangen spürte, sie zu packen und ihre Brust zu drücken. Die Widersprüche machten ihn abwechselnd hochmütig und gedrückt, da sie dazu beitrugen, das Dunkel dichter zu machen, das sich über seine neue und, wie er spürte, so unreife Person voller Unsicherheiten gelegt hatte.

Er lernte jetzt nach dem Abendessen: Die Hitze wurde von den Bäumen absorbiert, und in der Dunkelheit kam gewöhnlich Wind auf. Das Haus glich einem Segelschiff, das nach einem langen Tag des Wartens vom Stapel gelaufen war. Fetzen von Tanzmusik und Strophen alberner Schlager erreichten ihn aus einer Welt, die noch nicht die seine war, von der er aber keine Demütigungen ertragen wollte. Er wurde rot beim Gedanken an die Abende, die er mit Mario verbracht hatte, um vom Zaun aus den Tanz zu beobachten und die Mädchen beim Namen zu rufen, die ihnen den Rücken zukehrten und so taten, als würden sie sie nicht kennen.

Mit der Gesellschaft von vorher verkehrte er nur mehr selten, in der Badeanstalt oder bei Radtouren. Im übrigen hatte sich vieles geändert. Stefano hatte mit Elsa »Schluß gemacht«. Er fragte sich, ob er ihren Busen gestreichelt hatte, konnte aber keine Antwort finden. Ihre Augen waren hell, ohne sinnliche Erinnerungen, wie die Augen Claras, die von ihrem Kavalier nichts mehr wissen wollte.

Stefano fuhr jeden Morgen mit dem Dampfer nach Bellagio zu seiner neuen Flamme, einer blonden Mailänderin, die einen Gang hatte wie ein Roß und kein R sagen konnte. Mitunter erwiderte sie seine Besuche mit einem kleinen Hofstaat, einem Gefolge von Freunden. Sie legte mit dem großen väterlichen, vor Messing und Lack funkelnden Motorboot am Steg des Hotels Victoria an, der Tochter des Besitzers zum Trotz. Der Bruder triumphierte, und doch glaubte Giacomo, er habe Elsa noch nicht aus seinen Gedanken ausgeschlossen. Aber es interessierte ihn nicht besonders: Die Neulinge würdigten ihn und Mario keines Blickes, tranken teure Cocktails im »Lido« und wollten, daß das Orchester nur Blues spielte.

Alle redeten von den großen Festen, die binnen kurzem stattfinden würden. Die Ausländer hatten sich vermehrt und ebenso die ältlichen Jungfern mit und ohne Löckchen: es lohnte sich nicht einmal, sie zu ärgern. Das Wasser war übersät von Motorbooten und Segelschiffen; die Hotels zogen Fähnchen auf, wie Dampfschiffe zwischen den Büschen verankert, die sie beinahe erstickten. An den Abenden hallte es auf der Uferstraße wider von den übermütigen Lockrufen der Automobile, die sich zu einem leichtsinnigen Spiel ineinander verflochten.

Er ging den kürzesten Weg hügelaufwärts. Über eine Trockenmauer hingen die breiten Blätter eines Feigenbaums, aber unter der beinahe senkrecht einfallenden Sonne verlor sich ihr Schatten. Eine Eidechse flitzte zwischen zwei Steinblöcke; die Bienen schwärmten über den Lavendelbüschen am Rand einer Wiese, zu Füßen einer Kletterpflanze, an der Ecke eines zerbröckelnden Mäuerchens. Giacomo ging um die Ecke, und das Gesumm verstummte. Er blieb einen Augenblick stehen: Die Flicken der Gemüsegärten zogen sich über die Terrassen den Hang hinunter, und zwischen den Schilfrohren leuchteten wie Fahnen die Tomaten.

Er ging wieder weiter: Sein Geist lief ihm über den Berg hinauf voran, wo der schmale Pfad sich zwischen Rot- und Weißbuchenwäldern in Wege verzweigte, die sich später auf den Weiden verloren. Jetzt war es ihm, als würde er dem Schatten Bonos folgen, voll Vertrauen zu seinem gescheiten Schweigen. Sie würden den Nachmittag als Vagabunden verbringen; mit ihm würde er ohne weiteres eine verfallene Mühle im Tal finden oder einen Baumstamm, um an einer schmaleren Stelle über die Strömung des Senagra hinüberzuklettern. Beim ersten Brunnen würden sie direkt vom Wasserstrahl trinken und ihre Hemden patschnaß machen. Aber die Mühe des Aufstiegs und die Hitze zerstreuten seine Phantasien: Im gleißenden Licht sah er vor sich die steinige Steigung zwischen den Mauern der Gemüsegärten, die sich wie ein trockenes Flußbett aufwärts zog.

Mario erwartete ihn in der Abstellkammer unter der Terrasse. Auf dem Fußboden verstreut lagen Sperrholzstückchen, Sägespäne und feine Laubsägen. Kaum war das Papiermodell eingetroffen, hatten sie begonnen, die beiden Kutter zu bauen. Es war ihm recht, daß sein Vetter die Arbeiten leitete. Giacomo hatte dessen rundes Gesicht gern in seiner Nähe, das mit seinen ruhigen blauen Augen einen Halbwüchsigen ohne Angst und Bange verriet. Er dachte, wie sehr er sich doch auch von Bono unterschied, der gelächelt hätte, angesichts eines Spiels, das eine so gewissenhafte Aufmerksamkeit und zuviel Zeit erforderte, bevor es ein Ergebnis zeitigte. Er hätte in einem wilden Tanz mit einer Trophäe von Hühnerfedern um den Kopf sofort alles zertreten. Er hatte vor nichts Respekt. Wo es gereicht hätte, die Früchte zu pflücken, riß er ganze Äste von den Bäumen, und in solchen Momenten blitzte in seinen Augen eine Freude auf, die Giacomo vorkam wie bei einem Tier.

Es machte ihnen Spaß, die Teile des Schiffs mit den Seemannsausdrücken zu nennen: Klüver, Stag, Want, Steven; harte Namen mit fremdem Klang. Das wahre Spiel war der Hauch des Abenteuers, das dahinter aufschien: hinter den Namen, der Form eines Schiffsrumpfes oder dem harzigen Geruch des Holzes, dem Wulst des Kiels, dessen Gewicht man in der Hand spürte, woraus sich auch für alles andere ein konkretes Dasein ergab. Die am Meer verbrachten Sommer, die Lektüre von Verne, von Jack la Bolina erwachten zu neuem Leben. Die behenden Sportschiffe waren jetzt keine Flecken mehr, die sich am Horizont abzeichneten und sogleich wieder verschwanden: Giacomo hielt das seine in den Händen und konnte es sich ohne weiteres als echt vorstellen. Der Schiffsbauch war mit Glaspapier und Kitt zu bearbeiten, bevor er weiß angemalt wurde. Er strich mit den Fingern über die Wölbung der Flanken und war nie zufrieden. Wäre Mario nicht gewesen, der ihn tadelte, er hätte am Ende seinen Kutter verdorben, denn er war immer auf der Suche nach einer idealen Form, die sich in seinen Wünschen in einem fort veränderte.

Die Stunden verstrichen im Nu; wenn sie von der Arbeit aufblickten, nahmen sie plötzlich den See wahr: von dort oben eine Pfütze schmelzenden Metalls, aus der Dämpfe aufstiegen, die sich den Wolken anschlossen und sie zu launenhaften Schaumblasen anschwellen ließen, die langsamen Schritts die Berge entlangstrichen.

Er hielt das noch nicht ausgerüstete Schiff ins Gegenlicht, um seine Wirkung abzuschätzen: Da war es ihm, als sähe er es schon vollendet, während es die andere Hand abdrehen ließ. Im Winter würde er es im Becken der Städtischen Anlagen fahren lassen, und bei schlechtem Wetter würde es in seinem Zimmer auf dem Schrank stehen: mit ausgebreiteten Segeln auf einem Gestell. Ein großer, ausgestopfter Vogel, der ihm Gesellschaft leisten würde, während er lernen mußte. In diesem Jahr planten er und Mario, wenn noch Zeit übrigbliebe, eine Brigg zu bauen: Der Schiffsrumpf sollte mit Zedernholz verkleidet werden und das komplizierte Segelwerk sollte manövrierbar sein. Abends kurz vor dem Einschlafen kam er im Geist darauf zurück. Er suchte Zuflucht bei dieser Vision, wenn er im oberen Zimmer Emilias Schritte hörte und sich einen Augenblick lang vorstellte, wie sie nackt aus der Dunkelheit auftauchte. Aber bevor sein Atem unregelmäßig wurde, kam ihm, die Nacht zu einem hellen Himmel aufreißend, das Bild der Brigg zu Hilfe, die nicht weit von einer mit überaus grünen Pflanzen bewachsenen Insel von einer Flaute überrascht worden war. Nach einigen kräftigen Armstößen betrat er den Strand, und kaum hatte er den Blick zu den schlanken, mit Lianen verbundenen Palmen erhoben, schlief er auf einem Laubkissen ein.

Von der Betonterrasse über der Abstellkammer kommend, zerriß der plötzliche Klang eines Grammophons die Stille. Es war ein Blues; dann hörte die Musik auf, er hörte die Stimme Elisas, die einen Tango auflegen wollte, während Aldo darauf beharrte, die Trompete noch einmal zu hören, die diesen Blues zu einem berühmten Stück gemacht hatte. Schließlich wurde der Deckel des Koffergrammophons zugeschlagen, und auch die zwei Jungen wachten aus ihrem Spiel auf.

Aldo ging weg.

»Lebt wohl, Kinder!« verabschiedete er sich schon auf der Treppe, bevor er durch das Gartentor hinaustrat: in einem tadellosen weißen Leinenanzug, zwei Tennisschläger unter dem Arm.

Es war Zeit, ins »Lido« zu gehen. Sie gingen hinunter, holten das Fahrrad bei der Villa: Mario setzte sich auf die Stange. Durch die Anstrengung des Tretens bekam Giacomo Lust, ins Wasser zu gehen. Im Wasser ermüdete er dann eher als die anderen, während Mario mit den Großen am Sprungbrett blieb.

Er fuhr allein zurück. Von der Brücke, die gleich nach dem Ausgang des »Lido« über das Flüßchen führte, sah er unten auf dem Kies des Flußbetts Antonio, seine Angel in das trübe Rinnsal haltend, die mittendurch floß. Er stützte einen Fuß an die Balustrade und rief. Antonio drehte sich um, in der Hand eine Büchse oder einen Schuh schwenkend, als wäre dies seine Beute. Die Worte, die er mit seiner lispelnden und kreischenden Stimme hinaufschrie, um Giacomo zum Lachen zu bringen, kamen aber nicht oben an.

Giacomo war nicht zum Lachen; er löste sich von der Balustrade und trat wieder in die Pedale. Schon waren die Lichter angegangen und in der Straße, die vom Seeufer in Richtung der Villa abbog, begegnete er den Carabinieri, die Ausgang hatten. Emilias Verlobter, der schon vor dem Gartentor auf ihr Erscheinen wartete, errötete bis an die Haarwurzeln, als er ihn sah.

Sowie er zwischen die Schatten des Gartens getreten war, empfand er die Melancholie noch bedrängender, die ihn am Strand überkommen hatte, als er das lustige Geschrei der Großen hörte, die vom Sprungbrett sprangen. Dieser Sommer war anders geworden, als er sich vorgestellt hatte, ohne jede Freude, außer in den ungetrübten Stunden, die er an seinem Schiff arbeitete. Die Tage fielen schal auf sein Gemüt, es fehlte selbst die Begeisterung der ersten Wochen, und sie wurden kürzer: Nach dem Abendessen war es schon Nacht. Er blieb zu Hause, allein; Clara, Stefano, sogar die Mutter gingen oft aus. Manchmal ging auch er aus, um sich ein Eis zu kaufen, und er mischte sich unter die Menge, die unter den Laternen der Uferstraße weilte. Unter den Leuten trug er seine kurze Hose ohne Scham, eher als Strafe, weil er versucht hatte, die Jahre abzukürzen.

Den August begrub das Feuerwerk zu Ehren des Schutzheiligen. Abgeschossen wurde es auf dem Platz vor der Abtei, die das Dorf mit einer Reihe von Zypressenzacken beherrschte. Eine Menge Leute war gekommen. Die Knallfrösche platzten; auf dem Gras vor der Abtei zuckten Blitze; kleine Jungen rannten wie besessen schreiend durch den Schießpulvergeruch. Riesige Viermaster, Fesselballons, Kometen kletterten über den Hügel, um am Berghang zu erlöschen. Dann kamen die anderen Orte dran, die vom gegenüberliegenden Ufer: In der Nacht schienen sie vom Feuerwerk beleuchtet niederzubrennen wie Holzgerüste, einen scharlachroten Widerschein auf das Wasser werfend.

In der Villa Carlotta wurde der erste der großen Bälle gegeben. Trotzdem sollte das größte Fest der Ball in der Villa Serbelloni sein. Es hieß, die amerikanische Hausherrin habe einen indischen Fürsten samt Gefolge eingeladen.

In einer der ersten Septembernächte blieb ein Dampfer, die *Plinius*, mitten im See vor Anker, rings um das Deck war er mit Lampiongirlanden geschmückt, und zwei Orchester spielten abwechselnd bis zum Morgengrauen. Von den gegenüberliegenden Ufern kamen beleuchtete Boote: Ans Ufer gelangte die Musik gedämpft vom Rhythmus der kurzen, nervösen Wellen.

Aber der feiertägliche Jubel und Trubel, das aufgeregte Reden seiner Geschwister und Vettern sagten Giacomo wenig oder gar nichts; es war wie ein Fieber, das in der Luft kreiste, ihn zwar mit seiner Hitze streifte, aber gleichgültig zusehen ließ, daß es in ihm erlosch, wie am Morgen auf dem See die nächtlichen Phantasmagorien, die Zaubereien des Sommers.

Er war wieder allein. Mario war ins Gebirge gefahren. Hinter der Durchsichtigkeit des Himmels fielen die Tage in eine Ferne, die ihn schwermütig machte.

Von allem hielt er gerade noch die Eindrücke, die Bilder der Schönheit fest. Die Feuerwerke, die Lichter entzündeten in seinem Inneren wieder die unruhige Sehnsucht nach ungetrübten Formen, schwerelosem Zauber, nach einem sauberen Wind, der die Verwirrungen des Sommers, den enttäuschten Ehrgeiz, das Schmachten der schwarzen Augen Emilias ausdörren könnte. Das Schiff leistete ihm Gesellschaft: fein und weiß gestrichen, mit dem schlanken Mast, den straff gezogenen Wanten erschien es Giacomo als der verkleinerte Spiegel seiner Wünsche, während es sich auf der Welle wiegte, die ein Motorboot gegen den Damm des »Lido« warf. Er betrachtete das unermüdliche Feilen des Wassers an den grauen Kieselsteinen auf dem Grund, zwischen denen sich erblassend auch mancher Ziegelsplitter abschliff. Es weckte ihn der Schrei eines Kindes, ein Ruf, das Geknatter eines Außenbordmotors. An der Kurve der Uferstraße erschien über dem Laubwerk der Linden der Bug eines weißen Dampfers, der zum anderen Ufer abdrehte, eine Kielwasserspur hinter sich lassend, die sich nach und nach schloß.

Langsam ließ er seinen Blick über den Strand schweifen, in Erwartung des Augenblicks, in dem er mit den nebeneinander ausgestreckten, leicht und elastisch geschwungenen Füßen die Gestalt der Frau wiederfinden würde. Lange ließ er seinen Blick auf ihr ruhen, trotz der Furcht, sie könne es merken oder sich, eine Stechmücke verscheuchend, bewegen und den Zauber brechen, der ihm den Atem stokken ließ.

Sie lag auf einem nachtblauen Bademantel, die langen Beine, die an den Schenkeln voller wurden, heller und kaum von der Sonne gebräunt. Eine lebendige Kraft war dieser unbewegte Körper; was ihm nicht aus dem Kopf ging, war die Reinheit seines Umrisses, nach der Wölbung der Nieren den Rücken hinauflaufend, der, weil das Kinn auf die Arme gestützt war, eine leichte Einbuchtung aufwies; er blendete ihn, ohne ihn je zu enttäuschen, mitten in dem dunklen Gewimmel der Badenden in der Sonne war er wie ein lebhafter Lichtfleck, der schräg durch das dichte Laubwerk uralter Bäume drang. Es war eine Ausländerin.

Sie suchte sich immer diese abgelegene Stelle aus, gleich bei der Bucht, in der Giacomo sein Schiff anlegte.

Später stand sie auf – Stunden mochten vergangen sein – und hob den großen Strohhut hoch, der ihren Kopf bedeckte. Sie hatte braunes Haar und braune Augen, doch hingen ihr ein paar blonde Fäden über den Hals. Und wie sie in einer weichen und raschen Gebärde des ganzen Körpers mit dem Arm den Bademantel vom Sand hochnahm und mit leichter Trägheit an sich zog, folgte Giacomo atemlos ihrer Gestalt mit den schlanken gedrechselten Beinen und der schmalen Taille über den sich nur leicht schwingenden Hüften. Trotzdem erweckte diese Anmut der Formen nicht sein Begehren: Eher wurden sie beinahe fein gesponnene, elegante Zeichen, rings um eine große Kristallschale angeordnet, ein Gespinst aus fliehenden Bildern der Schönheit, deren Erfassen lange in ihm fortdauerte, als würde er in der Einsamkeit am Ende nichts anderes in sich vorfinden.

Sie schien im Rhythmus ihres Gangs die zarte Wärme der Lichter und die winzigen Schatten mitzuziehen, die wie Nadeln immer dichter zusamenrückten, während sie bei jedem Schwung der langen Beine den Absatz der Holzsandale verließ, so daß ihre rosige Ferse zum Vorschein kam. Bis die Bewegung hinter der Tür der Kabine zum Stillstand kam, die nun plötzlich zu einer süß bewohnten Insel wurde.

In diesen Stunden, die verstrichen, ohne daß ihm die Zeit bewußt werden konnte, kam es Giacomo vor, als erfaßte er im Staunen eines stummen Zwiegesprächs zwischen Formen eine geheime Entsprechung zwischen der honigfarbenen Gestalt, auf welche die den Strand überflutende Sonnenhitze fiel, und dem Schiff, einem leichten hellen Schein auf dem bangen Beben des Wassers, das es mit einem höheren oder heftigeren Wellenkamm nahe an die Gefahr umzukippen brachte. Im letzten Augenblick hob er es mit einer schroffen Drehung des Handgelenks hoch. Aber das war ein Spiel, während jenes Zwiegespräch, jene Entsprechung etwas Höheres spiegelte, ein Gefühl, das er nicht so leicht würde beherrschen können und das er nicht einmal zu begreifen vermochte.

Er hatte ihr den Rücken zugekehrt, um den engen Bögen eines Sportboots mit Außenbordmotor nachzuschauen, das mit seinem Bug lärmend auf das Wasser klatschte. Je weiter es sich entfernte, um so mehr schwächte sich das Gedröhn des Motors zu einem Surren ab, und der rote Punkt verschwand hinter einer brodelnden Schaumspur.

Von einer kindlichen Stimme ausgesprochen, die nicht seine eigene sein konnte, hörte er einige Sätze in englischer Sprache. Er wandte sich um und sah einen kleinen Jungen, der mit großer Erregung etwas zu ihr sagte: Zweimal hörte er das Wort »Mamie« heraus. Den Jungen hatte er nie gesehen; nach seiner blassen Hautfarbe zu schließen, hatte er noch keine Sonne abbekommen und mußte krank gewesen sein. Sie antwortete einen Augenblick später, in dem Giacomo dachte, er habe sie eigentlich noch nie sprechen hören. Die Stimme klang musikalisch, aber trotzdem gezwungen. Als wollte sie die Zärtlichkeit bestrafen, die durch ihren Blick sickerte und mit der sie ihren Sohn weiter beobachtete, während er sich, den Wasserball an die Brust

gedrückt, entfernte und sein Schatten über die Sandwell-
chen auf das Wasser zuglitt.

Als es ihm bis an die Knie ging, erschauderte er und tat
einen Schritt zurück. Die Mutter war aufgestanden: Da sie
den Strohhut im Nacken hängen hatte, wurde ihre Stirn
heller und vervollständigte das Oval des Gesichts. Auf dem
Betonmäuerchen stehend, sagte sie etwas, damit er sich ent-
schied hineinzugehen, das erkannte er aus den widerstre-
benden Gebärden des Jungen. Er war wohl nicht älter als
zehn Jahre. Während sich seine etwas hervorstehenden,
leicht schwarz umränderten Augen verdüsterten, antwortete
er schnell, wobei er über die immer gedrängter einander
folgenden Wörter stolperte, die immer angstvoller, beinahe
zu einem Weinen wurden.

Giacomo hätte sich gern neben ihn gestellt, um ihn zum
Hineingehen zu bewegen und zu erklären, daß es nur bei
der ersten Berührung kalt sei. Er hätte ihm den Ball aus der
Hand nehmen, ihn weit weg werfen und die Dankbarkeit
der Mutter gewinnen können. Er dachte, sie habe ihn bis
jetzt sicher nicht bemerkt. Auch die anderen Badegäste, die
an ihr vorbeigingen, waren für sie nichts als Schatten, die
ihr für einen Augenblick die Sonne raubten, ihr Blick ging
in die Höhe und war eigentlich nicht abwesend, sondern in
sich versunken. Er stellte sie sich als eine einsame Göttin
vor, die es mit gleichgültigem Antlitz ihrem Körper gestat-
tete, Anmut und Macht auszudrücken: Von allen Seiten
sammelte sich das Licht auf ihm, als würde der Sandstrand
eine leichte Mulde bilden, die rings um den Bademantel
anstieg, auf dem sie lag. Jetzt erschien sie ihm nicht mehr
fern. Er errötete bei dem Gedanken, daß er ihre Schwäche

in ihrem Sohn entdeckt hatte, der grazil und verloren an der Kiesgrenze stehenblieb und sie weiterhin ansah, als wollte er Erbarmen heischen.

Sie sagte nichts, es schien ihm sogar, als betrachtete sie ihn mit einem Anflug von Härte, obwohl er ihren Blick nicht auffangen konnte. Inzwischen hatte sich der Junge entschlossen hineinzugehen und betatschte vorsichtig das Wasser. Dann folgte er dem Wasserball, tat, als würde er mit kurzen, unregelmäßigen Bewegungen schwimmen: Nach einigen Zügen begann er zu keuchen und schaute wieder zu ihr hin. Mit nassem Haar sah er aus wie ein Frosch. Die Mutter hatte sich an den Rand des Wassers gesetzt, ihre langen Beine hingen über die Betonbrüstung hinunter. Das Wasser benetzte ihre rosigen Zehennägel. Sie sagte etwas mit lauter Stimme. Giacomo hörte den Namen des kleinen Jungen, von einer liebevollen Kantilene betont: »A-andrew.« Er blieb stehen, um zu antworten, wobei er den Ball losließ. Als er sich umdrehte, um ihn zu suchen, trieb ihn die Welle langsam zu Giacomo, der mit dem Kopf untertauchte und kraulte, in der Hoffnung, Eindruck zu schinden. Er erreichte ihn und brachte ihn, hoch erhoben auf seiner Faust, zurück, während ihm das Wasser in Bächen von der Stirn floß.

Der Wasserball bildete gegen die Sonne, die sich in den über seine Augen laufenden Tropfen widerspiegelte, einen dunklen Fleck zwischen ihm und der oben sitzenden Frau. Er legte ihn neben den Jungen, wobei er seinen Kopf schüttelte, um wieder zu sehen, und er begegnete ihrem Lächeln: einem unverhofften und noch bebenden Licht, das ihn blendete und ihn daran hinderte, sofort ihre Worte zu hören.

Sie dankte ihm auf Italienisch und fügte hinzu:

»Wollen Sie mit Andrew spielen?« Sie sprach den Namen ihres Sohnes aus, ohne ihn durch die Kantilene zu versüßen, die dem Kind als eine Liebkosung vorbehalten blieb.

Er merkte, daß sie sich freute, mit ihm gesprochen zu haben; wohlgefällig nahm er auf, daß sie ihn gesiezt hatte. Vielleicht hatte sie ihn schon an den Tagen bemerkt, als Giacomo geglaubt hatte, sie würde ihn gar nicht sehen. Sie sagte den kurzen Satz, ohne ihn auf dieselbe Stufe zu stellen, sondern als wollte sie ihren Sohn einem älteren Spielgefährten anvertrauen.

Sie wandte sich an Andrew. Beide Jungen standen unten, unterhalb der Mauer des Hafenbeckens, das als Schwimmbad für die Kinder diente, an den Seiten geschlossen und auf den See hinaus offen war. Er kam näher, um sich den Ball wieder zu holen.

Ihre Gestalt erschien ihm dort oben auf der Mauer, wo sie stand, noch größer und blühender, ein dunkler Schatten, der sich vor dem bebenden Sonnenlicht abzeichnete und ihn mit Zärtlichkeit erfüllte, während sich ihre Figur im Wasser gespenstisch in die Länge zog. Er spürte, wie ihnen ihr Blick folgte, als würde er ihm den Rücken wärmen, und die Wärme erlosch nicht, als die Sonne plötzlich hinter einer Wolke verschwand.

Jetzt, da er so nahe bei Andrew stand, konnte er ihm ins Gesicht schauen. Sein weißer, schmaler Brustkorb mit den hervorstehenden Rippen tauchte aus dem lichtlosen Wasser auf. Über seine Nase und seine Wangen waren Sommersprossen ausgestreut, eine leichte, durchsichtige Maske, über die Giacomo hätte lachen müssen, wenn seine kastanienbraunen Augen, dieselben wie die seiner Mutter, nur düsterer und unstet, ihn nicht wegen ihrer Ängstlichkeit beeindruckt hätten. Mit einer stummen Frage wandte er sich an seine Mutter.

»A-andre-ew«, sagte sie, indem sie die Kantilene am Ende mit einem ungeduldigen Schnörkel versah, womit sie versuchte, ihn wieder zur Vernunft zu bringen.

Der Kleine entschloß sich, die Arme zu öffnen. Giacomo warf den Ball und er schlug ihn zurück: Er bewegte sich langsam und tat nicht einmal so, als würde er ein wenig Schwung nehmen.

Während Giacomo ihn auffing, tauchte er unter. Er wollte den Kleinen zerstreuen, dem Spiel einen Ablauf geben, aber umsonst. Der war mit hängenden Armen am Ufer stehengeblieben. Er trat an seine Seite und sagte:

»Ich heiße Giacomo.«

Dann warf er den Ball noch einmal. Vielleicht aus Begeisterung, weil er jetzt gewissermaßen an sie gebunden war, nahm er einen zu großen Schwung und warf ihn viel zu weit. Andrew lief ihm mit kleinen Schritten hinterher, weil man stehen konnte. Als er ihm den Ball wieder zurückwarf, konnte er ihn gehend nicht erreichen.

Giacomo holte ihn und warf ihn nicht mehr so weit.

»Paß auf, Andrew«, rief er. Es gefiel ihm, den Namen laut auszusprechen, es war, als würde er sich unverhohlen etwas aneignen, das ihr gehörte. Er hoffte, der Kleine würde »Giacomo« antworten. Er spürte, daß er sich seine Freundschaft wünschte, aber Angst hatte, sie zu verlieren, wenn er alles überstürzte.

Andrew verharrte in seinem Schweigen, er tat nicht einmal mehr, als würde er spielen. Er zog die Brust zwischen den Schultern zurück und klapperte mit den ungleichen, weit auseinander stehenden Zähnen. In seinen Augen stand wieder der Schatten, den Giacomo am Anfang bemerkt hatte, als würde sich darin das Wasser des Beckens spiegeln, das noch von der anschwellenden Wolke bedeckt war. Auch seine Mutter hatte gemerkt, daß er zitterte, und kam näher. Die Kieselsteine, die am Rand das Sandes begannen, knirschten unter ihren Holzsohlen. Sie hielt ihm den ausgebreiteten Bademantel hin.

Andrew kam aus dem Wasser. Sie wandte sich um und lächelte Giacomo vom Ufer aus zu:

»Bis morgen, nicht wahr?«

Er nickte, so kam es ihm wenigstens vor, unfähig zu sprechen und vielleicht auch sich zu bewegen, während er sie ansah. Er folgte ihnen, während sie zu ihrer Kabine gingen.

Ihr Gang tat ihm ein bißchen weh, wie ein Schauspiel, dessen Schönheit fast unerklärlich ist, sie erschien ihm noch eleganter und von der Anstrengung der Schulter beherrscht, die sich spannte, indem sie Andrew mit der Hand hinter sich herzog, der wie ein Beduine in den am Boden schleifenden Bademantel eingewickelt war.

Er blieb auf dem Betonstreifen stehen. Er sah sie aus der Kabine kommen und auf die Pinien zugehen. Er folgte ihnen einige Schritte, dann merkte er, daß er sein Schiff vergessen hatte.

Als er auf die Allee vor dem Zaun des »Lido« hinaustrat, waren die beiden Gestalten verschwunden. Er fühlte sich allein, und es kam ihm vor, als wären jene Stunden Tage gewesen. Es hätte sein können, daß er sie nicht wiedersah, wenn Andrew wieder krank wurde. Zum erstenmal erschien der Junge in seinem Kopf von seiner Mutter losgelöst. Dann fiel ihm auf, daß er nicht wußte, wo sie wohnten.

Es war schon nach ein Uhr, die Uferstraße lag verlassen da. So gedrängt voller Bäume und Gartentüren kam sie ihm in einem anderen Licht entgegen.

Blendenden Sonnenflecken auf dem Asphalt folgten schattige Zonen, wo jetzt die Stöße des Bergwinds, der Breva, Staubwolken aufwirbelten und gegen die üppigen Blumenbeete warfen. Am Himmel zerfaserten die Wolken.

Die Bilder, die Worte des Vormittags erschienen in großer Ferne und doch durch das Verprechen, einander wiederzusehen, an die Villen und die Bäume gebunden, unter denen er dahinfuhr. In dem Augenblick trat ihre Gestalt wieder vor ihn hin, während sie Andrew ihre Hand auf die Schulter legte. Bei sich wiederholte er diesen Namen, der ihn zärtlich stimmte wie eine Botschaft, die nur er verstehen konnte, wenn auch noch auf unvollendete Weise. Er hatte das Gefühl, im Wind, zwischen Lichtern und Schatten zu schlittern, mit diesem schwachen Faden in der geschlossenen Hand. Es war ihm, als hielte er das Ende eines launischen Drachens fest, der einen Augenblick vom Dach eines Hauses, von einer Baumgruppe verborgen, kein sicheres Ziel hatte. Im Garten erschienen ihm dann die Hecken, die offenen Zimmerfenster als ein Labyrinth von Perspektiven und auch von Stimmen, als er welche vernahm; das alles

hätte ihn der Anschauung des gerade Entstehenden entreißen können, mit dem er sich aber gar nicht gründlich be-
fassen wollte, aus Angst, es zu verlieren. Es wäre ihm am
liebsten gewesen, wenn auch er so leicht hätte bleiben können, als würde auch er in der Luft schweben.

Er betrat die Veranda. Stefano und Clara lachten. Er
dachte, sie hätten ihn im »Lido« mit dem kleinen Jungen
gesehen. Einen Augenblick lang haßte er sie, dann wurde
ihm klar, daß sie über etwas anderes lachten. Gleich nach
dem Mittagessen verschwanden sie zusammen. Er blieb allein im Garten und begann mit den Händen den Kies hin
und her zu schieben. Er öffnete eine kleine Allee, dann
noch eine; er schmückte sie mit kleinen Zweigen an den
Rändern wie mit Pappelreihen. Er dachte nicht daran, wer
ihn hätte ertappen können, seine Geschwister oder Emilia.
Nicht einmal an das, was er machte; er hörte auf etwas, das
in ihm verschlossen war, versunken hinter den Bildern des
Vormittags, die sich unterirdisch entwickelten, doch ohne
verloren zu gehen. Wie ein Rinnsal unter den trockenen
Steinen dieses von Sonne und Wind erfüllten Nachmittags.

Später fielen ein paar Tropfen. Ein kaum merklicher
Dampf am Himmel, der sofort wieder trocknete. Von den
Tennisplätzen des Hotels Victoria drang wieder das Aufprallen der Bälle auf die Schläger zu ihm: auf einmal über-
deutlich. Dann galoppierten die Wolken über das Dach der
Villa und der Kies sprenkelte sich mit Schatten, auch seine
Hand wurde davon bedeckt und er sah auf seiner Handfläche genau das Netz winziger, in die Haut eingeschnitte-
ner Falten. Der Himmel wurde dunkel: Es dauerte einen

Augenblick. Sofort öffnete er sich wieder mit fließenden, gestaltlosen Lichtern.

Eigentlich sollte er sich die Haare schneiden lassen, ging es ihm durch den Kopf. Als er seine Mutter um das Geld bat, war sie erstaunt. Gewöhnlich mußte sie ihn immer daran erinnern.

»Was ist los, Giacomo?« sagte sie. Aber schon dachte sie an ihr Kopfweh und machte kehrt, um die Treppe hochzusteigen und sich in ihr Zimmer einzuschließen.

Er war über die Schwelle des niedrigen Ladens getreten, dessen Wände ringsum mit Spiegeln verkleidet waren. Die Stimme des Friseurs verlor sich, übertönt vom Gekreisch der Schwalben, die bis zur Spitze des Kirchturms hochflogen, um dann auf die Pflastersteine des Platzes hinunterzustürzen. Dem Spiel der Schatten nach schienen sie lautlos zu zerschmettern. Auf der Straße herrschte ein dichtes Gewirr von Schritten und Stimmen.

Er kam heraus, als es schon Spätnachmittag war. Er fuhr mit dem Rad die Kurve beim Hafenbecken hinauf und gelangte bis zum Tunnel. Bei der Einfahrt kehrte er um und raste bergab, ohne auf die Bremsen zu drücken, vom Risiko berauscht, beinahe als könnte er so wieder spüren, daß er wirklich existierte.

Er flitzte über den Platz. Gegenüber der Anlegestelle zog er Kreise, wobei er sich in den Kurven zur Seite neigte, bis er mit dem Fuß das Pflaster streifte, in einem glücklichen Rodeo. Als er innehielt, das Rad an das Geländer unter dem silbern gestrichenen Schutzdach gedrückt, schwand das Licht auf dem Spiegel des Sees.

Er stand frühzeitig auf. Im Garten zerstreute eine festliche Sonne die noch durchsichtigen Schatten.

Der Strand des »Lido« lag unberührt da, mit dem Rechen gekämmt; die leeren Liegestühle in langen Reihen unter den Sonnenschirmen. Das Holz der Kabinen glänzte so, daß man meinte, die Farbe bleibe einem an den Fingern kleben, wenn man es anfaßte.

Er stellte sein Schiff in das Hafenbecken. Es bewegte sich widerwillig, nach vorne schaukelnd; dann entfernte es sich mit einer winzigen Strömung, und er war gezwungen, ihm zu folgen, wobei er mit den Beinen ins Wasser mußte. Es war kalt: Er holte das Schiff und legte es auf den Strand. Die ersten Badegäste kamen; ein Motorboot fuhr auf den See hinaus, es war, als würde mit dem Geräusch des Motors die Zeit an diesem Morgen wieder anfangen, und die Erwartung. Er konnte sich nicht ruhig halten.

Wieder ging er zum Hafenbecken; in der Mitte blieb er stehen, wo ihm das Wasser bis zu den Waden reichte, um den Strand jenseits des kurzen Betonmäuerchens zu überwachen. Er schob das Schiff gegen den Strom und legte es mit der Hand schief, wobei er so tat, als würde es von den Segeln bewegt. Er folgte dem anmutig geneigten, feinen Rand und es war ihm, als müßte er, wenn er seinen Blick von dieser absoluten Linie loslöste, ihre Gestalt wiedersehen, beinahe durch einen Zauber heraufbeschworen, wie es seinem vagen Gefühl nach das erstemal geschehen war, als er sich umgewandt und sie plötzlich gesehen hatte. Aber als er sich jetzt umdrehte und die beiden nicht kommen sah, hielt er sich zurück, noch einmal zu schauen und zu denken, daß sie nicht kommen würden. Beharrlich blieb er bei seinem Spiel, da er kein anderes Pfand hatte, um den Zweifel von sich zu weisen.

Das Wasser streifte den Rand des Kutters, den er beinahe wie bei vollem Wind geneigt hielt. Da hörte er die Stimme: »Andrew, Giacomo ist da.«

Mit einem Ruck drehte er sich um, überrascht vom Klang seines Namens in ihrer Stimme, dankbar, daß sie sich daran erinnerte. Er hatte ihn nur ein einziges Mal gesagt, noch dazu dem Sohn. Inzwischen war ihm das Schiff aus der Hand geglitten und floh auf das Ufer zu.

Er konnte nicht in Andrews Gesicht sehen. Die ängstliche Ungeduld, eigentlich die Erwartung einer Geste, die Hoffnung auf seine Freundschaft, die darin geschrieben stand, las er nicht.

Die Mutter hatte sich auf die Balustrade gesetzt und aus ihrer Basttasche eine Häkelarbeit hervorgeholt. In der raschen Bewegung der Ellbogen blieb sie unter dem Hut, der einen Schattenkreis um sie warf, isoliert in einem Gehege gleichbleibender und gleichgültiger Gesten, auf die beiden achtgebend, ohne es zu zeigen, als wollte sie der entstehenden Freundschaft einzig mit der Wärme der von ihr ausströmenden Harmonie forthelfen, während die Sonne sie ihrerseits in einer bebenden Liebkosung mit einer Aureole umschien. In demselben Augenblick, in dem Andrew zu ihm die Treppe herunterkam, schien es Giacomo, als würde er selbst sich so schnell wie im Traum auf sie zubewegen. Die Luft weitete sich zu einem strahlenden Licht, während er den Raum durchquerte, der sie voneinander trennte, wobei er kaum das Wasser berührte. Er setzte sich neben sie: In der plötzlich entstandenen Stille, die sie hinter einer

Mauer verbarg, würde er ihr die Hand auf die nackte Schulter legen.

Seine Handfläche brannte, als hätte er sie auf glühend heißen Sand gedrückt, und er erwachte. Er hatte Angst, sie habe es in seinem Blick gelesen. Er konnte es sich nicht erklären, so absurd erschien ihm sein Gebaren. Auch konnte er es im Geist nicht wiederholen, er fühlte sich wie betäubt, sein Mund war ausgedörrt. Mit geschlossenen Augen warf er sich erschaudernd ins Wasser. Als er sie beim Auftauchen öffnete, sah er Andrew, der ihn anlächelte, die Hand auf dem Kutter. Jetzt war sie ein Schatten über ihren Köpfen, etwas, das die Bahn der Sonne unterbrach und deren Gefunkel aufsaugte. Sie vertieften sich ins Spiel, indem sie einander das Schiff zuschickten. Alles, was sie taten, wurde im Widerschein der heiteren Ruhe der Frau zu einem glücklichen Gelingen: Ihrer beider Gesten und die nach und nach immer freieren Zurufe bildeten ein zweites Gehege jenseits des Strohhutgespenstes und der raschen Bewegung der Ellbogen.

Dann schwammen sie ein wenig hinaus, aber ohne das Becken zu verlassen. Giacomo schob das Schiff vorwärts, damit Andrew folgte. Unter dem Raum des Himmels, der durch die Entfernung zunahm, die alles am Strand kleiner machte, indem sie ihm fast die Kraft entzog, schwankte ihr Hut wie ein winziger vergnügter Fleck.

Auf einmal merkte er, daß er Andrew vergessen hatte, der atmete schwer und war einige Züge von ihm entfernt. Er schwamm zu ihm hin:

»Schwimmen wir zurück, Giacomo«, keuchte er.

Sie setzten sich ans Ufer.

Andrew fiel es schwer, zusammenhängend zu reden, das war klar. Jetzt erregte ihn Giacomos Anwesenheit und das Schiff; es war, als wäre er, bevor er die Worte aussprach, schon ergriffen von den Gefühlen, die sie ausdrücken konnten. Er verhaspelte sich bei jedem Satzanfang; dann eilte er weiter, ohne zu wissen, ob und wie er den Satz zu Ende bringen würde.

In England also hatten sie ein Schiff derselben Art wie das von Giacomo: einen Kutter, oder?, acht Meter. Er fuhr nie mit, weil ihm schlecht wurde; aber es gefiel ihm, ihn vom Land aus anzusehen und zu wissen, daß es seiner war. Aber vor drei Jahren, als sie nach Italien gingen, hatten sie ihn verkauft.

»Das Klima ist hier besser für mich. Mein Vater hat es bei der Firma durchgesetzt, Leiter der Filiale in Mailand zu werden.«

Giacomo erzählte, auch sein Kutter sei ein englisches Modell, er habe ihn mit einem Freund zusammen gebaut, der jetzt im Gebirge sei. Was die Segel angehe, würden sie warten, bis sie sich wiedersähen, denn sie sollten nach allen Regeln der Kunst zugeschnitten und genäht werden. Viele Streifen: schmälere, wo der Wind stärker hintreffen würde, und mit Beinstangen verstärkt.

Andrew sah ihn verwundert an. Kaum hatte er aufgehört zu reden, sprang er auf und lief zu seiner Mutter, um ihr zu sagen, daß Giacomo das Schiff selbst gebaut habe. Sie rief ihn: Sie lag auf dem Bademantel und setzte sich auf, um ihn kommen zu sehen. Sie bat ihn zu erzählen, wie er es gemacht habe, als er neben ihr stand.

Er hatte nicht gedacht, mit ihr sprechen zu können, ohne etwas Dummes zu sagen, das er hinterher bereuen würde, und er war überrascht von den Worten, die ihm über die Lippen flossen. Er zeigte ihr das Deck, das Steuer aus Messing, die Saling des Mastes, die an den Enden immer dünner wurde und ihn einen ganzen Tag Arbeit gekostet hatte.

Er hätte sie berühren können, so nahe stand er bei ihr. Unter der Kopfbedeckung, die sich auf die Seite geneigt hatte, kam in einer kurzen, kompakten Welle ihr Haar hervor: zwischen Haar und Schultern schwebte, vermischt mit dem Geruch der Sonne auf ihrer Haut, ein leichter Duft nach wilden Frühlingsblumen, deren Name ihm nicht einfiel. Der Duft eines jungen Mädchens, nicht einer Frau. Er war davon umgeben und hörte auf zu reden; das stärkere und leicht bittere Parfum, das seine Mutter verwendete, kam ihm in den Sinn. Das Schiff befand sich zwischen ihm und ihr: der Kiel warf einen Schatten auf den Sand, der ihm in seiner Schmächtigkeit melancholisch vorkam. Er streifte das Rad des Strohhuts. Das Schweigen machte ihn jetzt verlegen.

Andrew brach es, indem er ihn rief. Er stand an der Stelle, wo das das Wasser aufhörte, und bat ihn, den Kutter dorthin zu bringen: kleine Wellen waren aufgekommen.

Später gingen sie aus dem »Lido« hinaus. Andrew und seine Mutter blieben stehen vor zwei Pfeilern aus Ziegeln und ohne Gartentor, bei denen ein Kiesweg seinen Ausgang nahm, und zwar dort, wo die Uferstraße nach der Brücke eine Kurve machte. Giacomo erinnerte sich nicht, sie je gesehen zu haben.

»Kommen Sie heute Andrew besuchen? Er hat keine Freunde, wissen Sie.« Sie fuhr ihrem Sohn mit der Hand durch die Haare; zwischen ihren Fingern kamen sie noch dünner hervor, und hell wie Seidenfäden.

Sie verabredeten sich für jeden Vormittag am See; aber nachmittags ging Giacomo zu ihrer Villa, die von einer schroff zur Straße abfallenden Bodenerhebung verborgen war. So oft daran vorbeigefahren zu sein, ohne von ihrer Existenz zu wissen, wunderte ihn nicht; und er hatte auch nie davon sprechen hören. Es erschien ihm wie eine Ecke der Welt, die räumlich nahe lag, aber auch fern, weil er sie so lange Zeit nicht gekannt hatte. Der Zauber des unsichtbaren Gartens leuchtete schon in dem zarten Grün, das ihn an den Rändern beschützte, wie ein Spalier, gegen das sich die Welle des unversehrten Lichts ergoß, oberhalb des Kamms der Linden, der es in der Allee filterte. Es gab auf einmal nur mehr dieses Grün nach den knalligen Farben der Blumen in den raffinierten Beeten, nach den Schirmen und den Stämmen der Bäume hinter den etwas düsteren, schwarz und gold gestrichenen Gartentoren der großen Villen.

Er ging den Gartenweg zwischen zwei niedrigen Böschungen hinauf, der schräg über die Anhöhe führte. Als er, ehe er die ganze Villa sah, nur deren Dach erblickte, fühlte er sich plötzlich als Eindringling, fürchtete, sie würden ihn kaum erkennen oder würden, im Haus verweilend, nicht auf sein Rufen antworten. Vielleicht würde er nicht einmal die Kraft aufbringen, seine Stimme zu erheben; er würde leise rufen, dann resignieren und wieder weggehen. Aber als er nach dem kurzen Weg oben angekommen war und unschlüssig und langsamen Schrittes den Abhang zum

Haus hinunterging, kam Andrew – der nach ihm Ausschau gehalten haben mußte – ihm entgegen und ging neben ihm weiter.

Von dieser Stelle aus sah er das ganze Haus, das anders war als die anderen Häuser am See, auf eine Art und Weise entworfen, so schien es, daß der Eindruck von Unwirklichkeit und Heimlichkeit, den es ohnehin vermittelte, noch verstärkt wurde. Es war zweistöckig, mit einem körnigen ockerfarbenen Verputz beworfen. Aus der Fassade standen die Rückseite eines großen Kamins und wie eine wuchtige Lisene dessen Rauchfang hervor, der das schiefe Dach durchbrach und sich zu einem langen Schornstein zusammenzog. Die Fensterrahmen zwischen den roten Läden waren weiß gestrichen.

Der Garten lag auf der Anhöhe über der Straße und war von ihr durch ein niedriges Mäuerchen getrennt, das der Kurve folgte und vor der Brücke gerade zu verlaufen begann. Von der Villa aus war die Straße nicht zu sehen. Der Garten bestand aus einem sehr kurz geschorenen Rasen und bildete eine ziemlich leichte Mulde im Halbkreis des ansteigenden Bodens, auf dessen Kamm da und dort fleckenweise einige Hortensienbüsche und Hagedornsträucher standen. In der Mitte erhob sich, beherrschend mit dem weiten Umfang ihres Geästes, eine uralte Libanonzeder. Wenn man ihrem Stamm den Rücken zudrehte, erinnerte der völlig grüne und abschüssige Garten von allen Seiten an einen chinesischen Druck, denn auf den ersten Blick schien ihm die Perspektive zu fehlen. Giacomo bekam seine Harmonie so heftig zu spüren, daß ihn die alberne Angst befiel, der Garten könne sich auf einmal auflösen und es würde, mit Kies und ein paar dürftigen Grasbüscheln bedeckt, nur ein Raum übrigbleiben.

Seitlich drängten sich Obstbäume an das Haus heran, sie standen so nahe beieinander, daß sie mit ihren sich berührenden Ästen ein Wäldchen bildeten, in dessen Schatten verstreut weiß gestrichene Tischchen und Stühle standen. Hinten hinaus gingen die Wirtschaftsräume, dort waren nur vereinzelte Bäume und das Gras wuchs wild bis zu einer hohen Hecke, die von einem eisernen Netzgitter gestützt wurde: oben auf einem Steindamm, der steil in den Fluß abfiel.

Bei den Spielen bewegte er sich in diesem Garten, als wären nicht nur Andrew und er dabei, sondern als würde er das Schauspiel eigens für sie erfinden, denn durch seine Distanz wurde es immer unbefangen und beinahe elegant. Es schien ihm, als würde er es sich zuerst vorstellen, ein wenig den Atem anhaltend, um nicht den Faden zu verlieren, und es dann als eine Entfaltung ruhiger, aufeinander folgender Visionen auswendig wiederholen. Aber schließlich vergaß er das alles und spielte wirklich: Das waren die schönsten Stunden, die immer zu bald zu Ende gingen. Er ließ das Haus hinter sich; aus den schon erleuchteten Fenstern fielen Lichtbündel auf den dämmerigen Rasen.

Manchmal gingen sie nachmittags auch zum »Lido«, um beim Tennisspielen zuzuschauen. Um diese Zeit, in der prallen Sonne, waren die Spieler fast immer ältere Engländer mit kurzen, bis zum Knie reichenden Röhrenhosen. Es kam vor, daß Andrew von England sprach: Alle spielten Golf, die Tennisplätze hattenm einen Rasen, so kurz geschoren wie in seinem Garten. Sie saßen auf einer Erdstufe in der Kühle einer erst vor kurzem gepflanzten Pappelreihe. Ihre Freundschaft gedieh: Sie fühlten sich wie alte Kumpane, so von allen abgesondert. Einige Große, die Andrew kannte und die ihn nicht einmal grüßten, betraten die Tennisplätze. Sie waren auch Engländer: Er zeigte ihm die Wappen der Colleges, die auf die Täschchen ihrer Jakken aus leichtem Tuch aufgenäht waren.

Später kam manchmal auch Andrews Vater, der zu einem Match aus Mailand angereist war. Er hatte eine hohe gerunzelte Stirn und trug ein Frotteehandtuch um den Hals, das er an ein Netzende hängte, bevor er zu spielen anfing.

Dann gingen sie wieder, um zur Villa zurückzukehren. Die Mutter wartete auf sie, in einem Korbsessel sitzend. Sie trug ein helles Kleid mit Blümchen, die bald hellblau und lila, bald braun und gelb waren: Man konnte denken, sie sei ein Teil des Gartens, aus dem Rasen hervorgewachsen, der so bleich war, daß er künstlich erschien. Von den Bäumen herunter kroch allmählich der Schatten auf das Gras: Die Worte beim Spielen bekamen einen tiefen, kühlen Klang, der ihm im Ohr blieb, während er auf dem Heimweg begriffen den Gartenweg hinaufging.

Das Schiff unter dem Arm bog er in die Uferstraße ein. Es gab sonst nichts Konkretes, das ihn an die eben verbrachten Stunden erinnert hätte. Doch ihnen gleichend, zeigte es sich leicht und schwindend mit dem etwas nach hinten geneigten Mast, der Saling, die aus dem Gewirr der Wanten hervorguckte, wenn er auf dem Bett liegend den Blick seinem zerbrechlichen Schatten an der Wand folgen ließ. Von seinem Geheimnis sprach er zu Hause nicht. Er fürchtete, den Zauber zu zerstören, und die Fragen, die sie ihm über Andrew und seine Mutter stellen würden. Aldo hatte ihn gefragt, ober er wieder ein Kind geworden sei: Er hatte ihn nämlich am Strand mit einem kleinen Jungen und seinem Schiff herumspielen sehen.

Dann beunruhigte ihn Claras Lachen, die immer ohne Hintergedanken die Geheimnisse aller weitererzählte. Trotzdem stellte er sich vor, daß ausgerechnet sie ihn eines Tages zur Villa begleiten würde. Sie hätte sich sehr gefreut, den ordentlichen, kurz geschorenen Rasen zu entdecken, der vom Straßenrand aus nicht zu sehen war. Er stellte sich vor, daß er beim Hinaufgehen ihre Hand halten würde; auf dem kurzen ansteigenden Weg bemerkte man den Bau noch nicht, man erblickte das Ende des Kamins, die eiserne Fahne, die sich mit schwatzhaftem Kreischen im Wind drehte. Im Erdgeschoß würde er ihr die Zimmer mit den dunklen Möbeln, die Stoffe mit den breiten Streifen, die Pendeluhr im Eingang, die so kunstvoll in den Vasen stehenden Blumensträuße zeigen, wie auf den flämischen Bildern, die sie im Museum gesehen hatten.

Von der Treppe würde dann die Herrin des Hauses herunterkommen. Er stellte sich die beiden Frauen bei ihrer ersten Begegnung vor: ruhig und majestätisch sie und Clara ein klein wenig eingeschüchtert, aber schon mit einem Lächeln, das über ihre Verlegenheit siegen würde.

Wie gewöhnlich war er nicht imstande, sich etwas vorzustellen, das Clara verschlossen geblieben wäre. Er sah sie auf dem Rasen sitzen, in ihrem schönen weißen Kleid mit dem Glockenrock, der sich auf dem Rasen wie eine große

Blüte öffnete. Und wenn sie dann ohne Erwachsene unter sich bleiben würden, stellte er sich Andrews Staunen vor bei ihrem jetzt offenen Lächeln, das bei jeder Kleinigkeit hervorsprudelte. Hell und erheiternd – schamhaft hinter einem Scherz, einem Spiel verborgen, das Anzeichen ihrer Gutherzigkeit.

Vielleicht würde Andrew sie ihm vorziehen, aber auf sie wäre er nicht eifersüchtig. Im übrigen war es unnütz, die Gedanken weiterzuspinnen, wie er es machte, und in einem fort neuen Vorstellungen nachzugehen. Das hatte er nicht nötig, um glücklich zu sein. Er verbrachte den ganzen Tag in Andrews Villa oder unterwegs und nach dem Abendessen lernte er verbissen bis spät in die Nacht, damit ihn sein Vater nicht in die Stadt zurückrief. Seit Wochen war er schon nicht mehr gekommen; er schrieb, daß er mitten in einem schwierigen Prozeß stehe. Wenn er an ihn dachte, bekam er ein schlechtes Gewissen, weil er ihn vergessen hatte, als müßte sich der Vater dadurch einsamer fühlen. Wenn er außer Haus war, erinnerte er sich an nichts. In der neuen Welt, in die er eingetreten war, ließ er sich widerstandslos wie von einer langen Welle tragen. Doch erschien ihm diese Welt so zerbrechlich, als ob er sie verlieren könnte, wenn er versuchen würde, einen Augenblick innezuhalten, um zu erkennen, wo er sich befand oder wohin er sich bewegte. Eine stürmischere Woge würde sie, alles erschütternd, überfluten.

Die Nachmittage in der Villa erschienen Giacomo, wenn er wie von außen darüber nachdachte, als Bruchstücke einer Geschichte, die ihm nicht gehörte, die ihm eingeflüstert wurde, und er stand jedesmal wieder ungläubig davor.

Doch begann sie immer wieder mit der Einprägsamkeit der wahren Dinge, sobald er, nachdem er die Linden der Allee hinter sich gelassen hatte, erblickte, wie sich der Rasen unter einem fernen und flüssigen Himmel senkte, der sein Geheimnis von oben zu beschützen schien.

Sein Bewußtsein gewann er später nach der ersten Hälfte eines Crocketspiels wieder. Auf dem Rasenstreifen lief die Holzkugel, vom Schläger getroffen, unter den kleinen Bögen hindurch, bis ihn in der ständigen Wiederholung das rasche Geräusch der Schläger weckte, das sofort in der Stille des verlassenen Gartens unterging. Manchmal überraschte er, wenn er sich umwandte, Andrews Augen, die ihn anschauten: Er las in ihnen die Freude, in seiner Nähe zu sein, die Leidenschaft für das Spiel. Plötzlich unterbrachen sie die Herausforderung, um zum Kamm des Rasens zu laufen, denn ein feuerroter, funkelnder Alfa Romeo fuhr dröhnend auf der Uferstraße vorbei.

Die Mutter gesellte sich zu ihnen, aus dem Wäldchen kommend, wo sie vielleicht sitzend ihrem Spiel gefolgt war. Die Flecken der Bäume verlängerten sich noch träge auf dem Gras. Auf einem Metalltablett mit fein ziselierten Griffen brachte sie Schokolade zum Trinken und einen mit Zitronat und Rosinen gefüllten Kuchen. Sie beugte sich zu ihm hinunter, während sie ihm den Teller reichte. Auch wenn er sich vornahm, ihr nicht ins Gesicht zu schauen, um seine Erregung nicht zu zeigen, die ihm ohnehin die Sprache verschlug und die Kraft aufzustehen entzog – vom Knien oder Liegen, um einen kleinen Bogen aufzurichten, der von einem zu starken Schlag getroffen worden war –, seine Augen blickten von selbst auf, sobald er das leichte

Parfum ihrer Arme einatmete, wenn sie ihn streiften. Da war es ihm, als müßten ihm die Sinne schwinden, während er sein Gesicht ins Gras senkte, dessen Halme sich unter der Flamme der Sonne zu einem Kamm dünner Messer vergrößerten. Ihre blonde, honigfarbene Hautfarbe, der Hals, der mit dem Schwung einer erlesenen Volute zum Gesicht aufstieg, schienen hinter den langen Strahlen zu schwanken, die schräg zwischen den Bäumen auf den Rasen fielen und ihre ganze Gestalt in ein Stückwerk auflösten, das von goldenem Staub kostbar gepünktelt war. Aber ihre Brust kam ihm nicht in den Sinn, die so nah war, daß er sich davon gestreift fühlte, oder etwas anderes von ihr, das für die Sinne ebenso zwingend gewesen wäre; er hätte sich dafür geschämt, hätte die Unversehrtheit dieses Augenblicks verloren. Es bestürmte ihn dagegen ein inneres Beben, als hätte ihre so nahe Anwesenheit den Grund, daß er endlich die Schönheit, die idealen Formen begreifen konnte, die sie ihm von den ersten Tagen an, als er sie auf dem Sandstrand abseits liegen sah, so lieb gemacht hatten.

Er zitterte vor Zärtlichkeit und Angst, es würde ihn drängen, ihren Arm zu berühren, der sich knapp über seiner Schulter erhob. Im Gegenlicht erschienen ihm die blonden Härchen und am Handgelenk ein Muttermal über dem weißen Armband der Uhr. Das Schwindelgefühl eines Augenblicks, in dem sich aber jedes kleinste Zeitfragment gesammelt hatte als etwas Kostbares, Unvergeßliches.

Sie wandte sich jetzt an ihren Sohn, umarmte seine Schultern von hinten her, wobei ihm ihr Haar über die Stirn streifte, um ihn dazu zu bewegen, ein Stück Kuchen zu probieren und die noch warme Schokolade zu trinken.

Er wollte nie essen: Und während Giacomo mit dem Blick ihren zärtlichen, doch so zurückhaltenden Gebärden, der Neigung des Gesichts und des ganzen knienden Körpers folgte, beeindruckten ihn die Augen seines Freundes, die sich wieder verfinsterten oder sich schon verfinstert hatten, seitdem die Mutter das Spiel unterbrochen hatte und Giacomo so unbedingt abgelenkt worden war. Es war vielleicht das Zeichen einer kindlichen Unduldsamkeit, die sie nicht verstand und einem tiefen, beinahe angeborenen Schmerz zuschrieb, der ihr Schrecken einjagte. Sie wollte, daß er nicht einen Augenblick länger dauerte: Hilfesuchend wandte sie sich an Giacomo.

Sie in dieser Haltung wiederzusehen, von einem gewiß heftigeren Gefühl gebeugt als das, das er gerade empfunden hatte, flößte ihm einen Augenblick lang – gleich darauf errötete er darüber – eine feine, unbeherrschte Lust ein, so sinnlich, daß er sie mit der Lust vergleichen konnte, die er genossen hätte, wenn er ihren Arm berührt hätte. Er näherte sich Andrew und in dem Augenblick, in dem er die Finger auf seine Haut legte und sein Handgelenk berührte, um ihn zum Gehorchen zu bewegen, schien es ihm, als wäre die Wärme, die er spürte, noch die Wärme der Mutter. Aber dieses Gefühl erschien Giacomo beinahe hinterrücks eingefangen; es war nicht von Dauer, wurde überdeckt von dem viel tieferen Gefühl der Harmonie und Zärtlichkeit, das daher rührte, daß er die so in sich geschlossene und abgesonderte Welt erfaßte, die Andrew und seine Mutter miteinander bildeten: eine Skulpturengruppe, welche die sich verfärbenden Lichter warm und weich machten, in der Mulde des Rasens, wo jetzt der Schatten dichter wurde.

Sie waren in einer anspruchsvollen, unruhigen Liebe aneinander gebunden, die er mit der vergleichen konnte, die ihn in den Augenblicken größerer Einsamkeit oder Leids mit seinem Vater verband, aber mit dem Gewicht einer größeren Überzeugungskraft, der er in diesem genauen Augenblick so intensiv unterlag, daß er sich gewissermaßen als Teilnehmer an der fast stummen Liebesszene empfand, die sich vor seinen Augen wiederholte. Im übrigen verstand er irgendwie, daß er nicht die eine oder den anderen lieben konnte, sondern ihren Bund, dem er sich nähern mußte, indem er mit ihr in der Zärtlichkeit für Andrew wetteiferte.

Und sobald der Junge, ihn nachahmend, sein Stück Kuchen gegessen und die Schokolade getrunken hatte, kehrten sie zum Spiel zurück. Giacomo ließ ihn das Match gewinnen oder glich sich beim Laufen seinem Schritt an. Dann kam sie noch einmal mit einer Jacke für Andrew, während sie unter den Obstbäumen dahingingen, um sich die Kaninchen in dem langen Holzstall anzusehen.

In seiner Empfindlichkeit, so unvermittelt traurig werden und sich in sich selbst verkriechen zu können, zeigte Andrew die Spuren einer schwachen Gesundheit. Giacomo hatte es schon an dem Tag geahnt, an dem der Junge angekommen war und sich zitternd geweigert hatte, ins Wasser zu gehen. Die scheinbare Ruhe der Mutter hatte einen Riß bekommen, und ihre Beunruhigung war Giacomo als eine Rückkehr von Stolz und Kälte in ihren Augen erschienen.

Dann hatte er erlebt, mit welcher Fürsorge sie den Tageslauf des Sohnes verfolgte – sie kümmerte sich darum, daß er aß, sich nicht erkältete und sich sofort abtrocknete, wenn er aus dem Wasser kam –, wie ängstlich und fieberhaft sie es tat, auch wenn sie eine nicht überzeugende Strenge annahm, die sie sich wahrscheinlich auferlegen mußte, um die Hoffnung zu bewahren, ihr Sohn werde eine Zukunft als Mann haben wie alle anderen. Wenn Mutter und Sohn zusammen waren, war es, als fühlten sie sich nicht frei, weil sie die Bindung verbergen wollten, die eifersüchtig über sie beide herrschte.

Er entdeckte, daß er Andrew fern von ihr besser kennenlernen konnte. Eines Tages hatte er ihm im »Lido« eine Begebenheit aus seiner Kindheit erzählt. Eine Gruppe deutscher Touristen hatte sich auf dem Stück Strand breitgemacht, wo sie auf einer Sandbahn gerade mit den Murmeln spielten. Sie sprachen laut und lachten, Andrew hatte sofort das Interesse am Spiel verloren und schlug vor, zum Tennis hinaufzugehen.

Auf dem mittleren Platz lieferten sich zwei englische Paare ein Match. Sie sahen zu. Andrew war schweigsam geworden. Von seinem hohen Sitz aus gab der Schiedsrichter deutlich die Punkte in ihrer Sprache an. In solchen Augenblicken merkte Giacomo, daß er in einer zerbrechlich unwirklichen Atmosphäre atmete, beinahe als sei er in eine ihm fremde Gemeinschaft hineingeraten, aber trotzdem unter Personen und Dinge, die ihm lieb waren, das spürte er. Da lenkte ihn Andrew ab, der dabei war, ein Gespräch anzufangen, wohl das schwierigste, das er bis jetzt mit ihm geführt hatte, dachte er, nach seinem ängstlichen, unruhigen Blick zu schließen. Er fürchtete, sich nicht recht verständlich zu machen oder lächerlich zu erscheinen.

»Hast du«, sagte er, »hast du eigentlich eine Gouvernante gehabt?«

Er antwortete nein.

»Weil ich hatte nämlich, als ich klein war«, sagte Andrew nach einer erneuten Anstrengung, »eine deutsche Gouvernante. Die hielt mich von meiner Mutter fern.«

Giacomo sah ihn an; er dachte sich, er sei sicher, als er klein war, noch zerbrechlicher gewesen, ein junger Hund ohne Fell, der Mitleid erweckt, und man hat Angst, ihm wehzutun, wenn man ihn auch nur auf den Arm nimmt.

Andrew keuchte; er hatte innehalten müssen; die Sonne, die durch die Pappelhecke sickerte, hatte ihn erreicht und warf auf sein Gesicht die bebenden Schatten der Blätter. Dazwischen traten die Sommersprossen hervor, die seine Wangen bedeckten. Unter der zarten Nase, die an die Mutter gemahnte, verzog sich sein Mund vor Erregung, weil er weiterreden wollte.

Er streckte seinen Arm aus und legte ihn auf Giacomos Schulter. Er trug ein Hemd aus Rohseide und in seinem Haar lag noch ein Hauch des Parfums, das sie verwendete. Giacomo interessierten die Tennisspieler nicht mehr; er hörte das rasche, rhythmische Aufschlagen der Bälle, die Stimme des Schiedsrichters, aber von fern. Er empfand für den Jungen, der ihm mit diesem Bekenntnis, das er sicher noch niemandem gemacht hatte, näher kommen wollte, ein neues Gefühl. Er glaubte jetzt, ohne den Grund zu verstehen, daß die Mutter in ihrer harmonischen und idealen Schönheit, die gar nicht mehr begehrenswert erschien, nur dem Sohn gehören konnte. Und daß sie zugleich mit seinem Gemüt, seinem Atem so verwachsen war, daß Andrew sie nicht von sich abzutrennen vermochte. Vielleicht hinderte ihn diese Last daran, wie die anderen zu sprechen: Nur einen Augenblick war es ihm geglückt, sich davon zu befreien. Die Gouvernante hatte er nie vergessen; die Stimmen der Deutschen hatten ausgereicht, sie wieder zum Leben zu erwecken, nur weil sie ihn vor vielen Jahren von der Mutter getrennt hatte.

»Eines Tages«, fuhr Andrew fort, »beschloß ich, durch ihre Schuld krank zu werden, dann würde sie fortgeschickt werden. Vielleicht, so dachte ich, wünschte sich auch meine Mutter, sie würde gehen, aber sie hätte es nie gesagt.

Wir lebten das ganze Jahr auf dem Land; in der Mitte des Gartens stand eine große Rotbuche.« Die Deutsche stellte ihn zur Strafe selbst wegen etwas Lächerlichem an den Baumstamm, wobei er die Hände auf dem Rücken verschränkt halten mußte. Von der Straße aus konnte man ihn sehen. An jenem Tag befand er sich neben der Buche; die Gouvernante hatte etwas gesagt, das ihn verletzt hatte. Er biß sie mit einem Ruck in die Hand, und ließ seine Zähne stecken, bis es ihr gelang, ihn auf den Boden zu werfen.

»Es machte mich glücklich, ihr Blut auf meiner Zungenspitze zu schmecken. Ich fühlte mich böse und glücklich. Es regnete, nur einige Tropfen. Sie schloß alle Türen des Hauses und befahl mir, unter dem Baum zu bleiben und nicht ins Haus zu gehen. Unter dem Baum regne es nicht.«

Nach jedem Satz brach er ab: Der Regen wurde dichter, die Gouvernante kam heraus und rief ihn, aber vergebens, er hatte sich hinter dem Holzschuppen versteckt. Später hatte ihn seine Mutter gefunden, als er völlig durchnäßt im

Gras lag und schlief. Er wurde natürlich krank, und es war schlimmer als die anderen Male.

»Als meine Mutter durch ein Dienstmädchen von den abgeschlossenen Türen erfuhr, wurde sie weggeschickt. Und ich bekam nie mehr eine Gouvernante.«

Er hatte ausgeredet; finster blickte er nach oben. Er schwitzte, daß ihm das Haar an den Schläfen klebte.

Auch Giacomo erhob den Blick: Zwischen den Pappelblättern wehte ein leichter Wind. Das Tennismatch war zu Ende; einige Jungen fegten die Streifen rein; die rote Erde erhob sich wirbelnd und legte sich auf das Gras. Er überredete den Freund, in der Kabine seine Jacke zu holen, und folgte ihm. An den Haken hingen der Strohhut und der nachtblaue Bademantel; unter der Bank schauten die weißen Holzsandalen mit den hohen Absätzen hervor. Es roch sehr leicht nach Creme und Sonne: Er sah ihren gebräunten weichen Rücken, ihre Schultern wieder. Er dachte, er sei heimlich in ihre Intimität eingedrungen; aber er hatte es nicht absichtlich getan, sondern Andrew begleitet. Es würgte ihn aber plötzlich im Hals, wie damals, als er am Strand auf ihr Erscheinen wartete und die dünne Wand der Kabine gewiß nicht dazu ausreichte, ihn von ihrem Körper, von ihren ruhigen, harmonischen Gesten zu trennen.

Als er aus der Kabine trat, atmete er tief und verjagte dieses Bild, um sich seinem Freund zu nähern. Er zog ihn zu sich, indem er ihm mit dem Arm die Schulter drückte. Aber Andrew entschlüpfte ihm und ging ihm auf dem Weg voraus, der an den Kabinen entlangführte. Aus seiner Hose, die ihm beinahe bis zum Knie reichte, kamen zwei dünne, ein wenig krumme Beine heraus, die ihn rührten. Giacomo war noch auf der Brücke, als er schon die Villa erreicht hatte, ohne sich je umzudrehen.

Es war spät geworden. Er sah die Mutter den Weg herunterkommen, fast bis zum Eingang. Sie hatte sicherlich auf Andrew gewartet. Bei den wenigen Schritten, die sie, wie ihm schien, Mühe kosteten, war es, als würde sie gar nicht gehen, sondern sich von etwas Stärkerem schieben lassen. Dann zeichnete sich auf ihrem hellen Kleid die dunkle, dünne Gestalt Andrews ab. Er zitterte gewiß, dachte Giacomo, bei dieser Umarmung nach dem Geständnis, das er ihm gemacht hatte und das ihm als ein Verrat erscheinen mochte.

Der Wind vom Gebirge wurde stärker und fegte über den See. Kleine stürmische Wellen kräuselten sich und schlugen an die Böschung; die Schiffe zerrten an den Tauen. Ein paar Regentropfen fielen im Dunkel. Er blieb, während er sich für das Abendessen umkleidete, vor dem Fenster seines Zimmers stehen, um die gute Luft der feuchten Erde einzuatmen, die noch warm von der Sonne war.

Sie verbrachten den ganzen Tag zusammen. Der Himmel war zartblau geworden. Das Wasser des Sees war kalt und Andrew durfte nicht baden; sie gingen über die Hügel spazieren.

Giacomo mußte seinen Schritt auf den des anderen einstellen. Er war nicht auf das zurückgekommen, was ihm Andrew erzählt hatte, und vielleicht war er ihm dankbar dafür. Jedenfalls fühlte er sich freier in Abwesenheit der Mutter. Er stotterte selten und sein Blick war klar geworden. Manchmal sprach er von einigen Vettern, die in England lebten und mit denen er sich jedes Weihnachten in Sankt Moritz traf. Er blieb mit dem Schlitten vor dem Hotel, während sie es mit den großen Abfahrten aufnahmen, zu denen die Seilbahn hochfuhr. Er war auch einmal in die Seilbahn gestiegen, aber in der Angst, das Kabel könnte reißen; er drehte die Augen auf die andere Seite, um die steil ins Tal hinabstürzenden, funkelnden Seile nicht zu sehen. Freunde habe er nie gehabt, sagte er öfter.

Für Giacomo waren diese klaren Tage wie eine Rast nach den Ängsten und Enttäuschungen des Sommers. Neben Andrew wollte er nicht mehr älter aussehen: Die Welt der Großen erschien ihm fern und ohne Anziehungskraft.

Mit seinen Geschwistern redete er kaum ein Wort, die anderen sah er nur zufällig. Sie gingen spät ins »Lido«, und er ging nicht mehr hin. Er genoß es, ein Geheimnis zu haben und zu wissen, daß es unschuldig war, zumindest wenn Andrews Mutter nicht dabei war, und das geschah nun immer häufiger. Er hatte keinen jüngeren oder gleichaltrigen Bruder gehabt, und so war es zum erstenmal, daß er es erlebte, etwas geben zu können, er, der immer die anderen gebraucht hatte: Stefano, als er noch klein war, dann Clara und Bono, selbst Mario. Wenn sie über die Hügel gingen, bis die Bergpfade begannen, stellte er sich vor, er sei jetzt Bono und er selber von früher sei der Schatten, der ihm folgte, ohne zu fragen, wohin sie gingen, nur hin und wieder den Namen eines Baums oder eines Vogels wissen wollte, den er mit einer leichten Verformung nachsagte. Andrew sagte ihm nur, er solle stehenbleiben, wenn er nicht mehr konnte. Dann setzten sie sich in eine Wiese.

Er brachte ihm bei, wie man Zweige von den Haselsträuchern abschnitt, um Stöcke daraus zu machen; und mit
dem Taschenmesser Spiralen hineinzuschnitzen. Andrew
hatte keine geschickte Hand und wollte es nicht riskieren,
sich in den Finger zu schneiden, und Giacomo half ihm. Er
hatte immer vor etwas Angst: Er fürchtete, daß die Kühe,
die ihnen auf den Wiesen begegneten, sich auf sie stürzen
könnten, und Giacomo mußte ihm erklären, daß es keine
Stiere seien. Er zögerte, in die dichten Dorngestrüppe
der Böschungen oder den Abhang einer Schlucht hinabzu-
steigen, um Alpenveilchen oder Brombeeren zu pflücken,
denn er schreckte sich vor den Vipern, und es reichte nicht,
ihm zu sagen, daß es in dieser Jahreszeit keine mehr gebe.
Es war klar, daß er wohl noch nie ohne die Mutter aus dem
Haus gegangen war.

Sie stiegen über die schmale Schotterung der Eisenbahn
auf den Berg von Grandola hinauf. Wenn Andrew die Lokomotive pfeifen hörte, lief er schnell an seine Seite. Sie
blieben neben dem einzigen Gleis im Gras stehen und warteten. Giacomo legte ihm eine Hand auf die Schulter. Zwischen den Haselnußsträuchern kam die Lokomotive hervor und dahinter die schwarzroten Waggons, und sie beide
wurden von einem Schwall Rauch und Ruß gestreift.
Andrew erbleichte und drängte sich an ihn. Das waren Augenblicke, in denen sich in ihre Freundschaft ein zärtliche-
res Gefühl mischte; Giacomo hatte seine Freude daran, ihn
zu beschützen, aber er ließ es ihn nicht merken. Andrew
hatte sich im übrigen verändert, war kräftiger geworden;
durch die Bräunung hatte sich die Hautfarbe in seinem
Gesicht den Sommersprossen angeglichen.

Während sie die Augenblicke der Rast genossen, auf dem Rand einer kleinen Eisenbahnbrücke, die Beine baumeln ließen, wurde für Giacomo auch seine eigene Vergangenheit märchenhaft. Andrew fragte ihn nach den Freunden dieses Sommers oder der anderen Sommer am Meer, oder was er in Mailand machte. Was eher Phantasien gewesen waren oder kurze Abenteuer, bei denen er sich hatte mitschleppen lassen, wurden zu Unternehmungen, bei denen er als der Held erschien. Mit Bono hatte er sämtliche Gärten des Hinterlands geplündert, weil sie Rache nahmen an einer Bande von Spitzbuben, die zwei Mädchen aus ihrem Strandbad ins Wasser geworfen hatten. Dann gab es das Thema des Schiffs, das sie verband. Im Moment baute er nur Modelle, aber wenn sie einmal groß sein würden, wollten Mario und er, und dazu würde eine jahrelange Arbeit nötig sein, mit dem Bau eines Schiffs beginnen, das dazu geeignet wäre, um das ganze toskanische Archipel herumzusegeln. Er redete von Monte Christo, der Gorgona, der Lilieninsel, als wäre er schon dort gewesen. Die Vergangenheit in etwas Mythisches oder die Trugbilder der Zukunft in etwas Konkretes zu verwandeln, dazu trieb ihn der Blick seines Freundes, so unverwandt, als würde er träumen oder alles, was er erzählte, auf einer Kinoleinwand sehen: noch größer und wahrer als es ihm selber erschien. Wenn er sich, nachdem er Andrew nach Hause begleitet hatte, an diese Erzählungen erinnerte, kam es vor, daß er rot wurde.

Sie fuhren auch mit dem Rad den See entlang. Andrew kauerte sich auf der Stange zusammen; nachdem sie den Bahnhof hinter sich gelassen hatten, fuhren sie bergauf zum Tunnel neben der Villa des englischen Konsuls, wo über dem Wappen eine Fahnenstange herausragte. Der Garten fiel steil vom Berg zum See hinunter ab. Vom Gartentor aus sah man hangabwärts in langen Reihen die Zypressen stehen, die immer spitzer wurden, bis nur noch die Wipfel auftauchten, Zacken einer grünen Säge gegen den Himmel, die am Ende dem Wasser begegnete. Wenn man auf die Umfriedungmauer kletterte, die von Bougainville überwachsen war, gewahrte man kleine Einbuchtungen zwischen den Felsvorsprüngen, wo grazile, gekrümmte Pinien wuchsen. Man glaubte, am Meer zu sein.

Dann stiegen sie wieder aufs Rad. Dort oben, jenseits des in den Fels gehauenen, stets tropfenden Tunnels, begann die Talfahrt. Giacomo schoß los, ohne zu bremsen, es kam ihm vor, als würde er sich von der Höhe in den See stürzen, in einem schier unaufhörlichen Sprung. Andrews zarter Rücken streckte sich bei der Anstrengung, sich an die jetzt widerspenstige Lenkstange zu klammern. Giacomo dachte an seinen Schrecken, aber die Bewunderung, die aus seinen Augen sprach, wenn er sich zu ihm umdrehte, sobald die Straße sanfter wurde, machte ihn stolz. Hinter der Kurve erschien der Bogen von Cadenabbia. Das Rad lief weiter und die Luft wehte ihnen um die Stirn.

Bei diesen Rennfahrten gewann Giacomo ein beständigeres Selbstbewußtsein. Beide schwiegen, während ein Segel die kleine Bucht durchmaß, ein Motorboot Wasser spuckend an der Ausfahrt aus einem Hafenbecken brüllte. Dann kamen die Villen versteckt in den großen Parks, eingeschlossen zwischen ihren Mauern, die manchmal einen kurzen Blick hinein gewährten: auf eine hohe, schmale, von Zypressen gesäumte Treppe aus Ziegelsteinen; eine Terrasse mitten unter den Pflanzen, wo ein Brunnen einen dünnen Wasserstrahl hochschickte, den ein Wirbelwind vom See hin und wieder zur Hecke hinüber bog.

Eines Nachmittags fuhren sie weiter bis nach Tremezzo. Andrew war müde vom langen Fahren auf der Stange. Bevor sie zurückfuhren, fragte ihn Giacomo, ob er etwas trinken wolle. »Vielleicht ein wenig Wasser«, sagte er; er hatte nie Geld dabei. Er führte ihn in ein Café mit Blick auf den See. Nachdem er das Rad ans Geländer gelehnt hatte, bestellte er zwei Limonaden. Er kam sich vor wie ein junger Mann; setzte sich auf den Eisenstuhl und schlug die Beine übereinander.

Nach der schnellen Fahrt und der Anstrengung war er nicht imstande, einen Gedanken zu fassen. Er überließ sich den Eindrücken. Der See war hell, zarte Lichter streichelten die Gärten, die in Girlanden endenden Markisen der Villen, drangen zwischen den Schirmen der Pinien vor auf die terrassierten Abhänge; klopften an die Glasflächen der großen Gewächshäuser, die mit ihren weiß gestrichenen Eisengerüsten und den mit Spitzsäulen geschmückten Dächern wie Pavillons wirkten. Träge Wolken zogen über Bellagio. Er sah Andrews Gesicht sich gegen die Seefläche abzeichnen; seine Augen spiegelten das Spiel der Sonne zwischen den Wolken wider, die sich in einem langsamen, sich drehenden Karussell zusammenballten.

Eine Stille hatte sich rings um sie geschlossen. Sie hörten das Aufklatschen des Wassers gegen die Terrassenpfähle den Takt schlagen. Die Augenblicke zwischen zwei Wellen wurden kürzer, während sie die Worte zurückhielten, damit die Stille nicht zu bald gebrochen werde.

Als er auf Andrews Lächeln antwortete, fühlte er sich wirklich glücklich, imstande, die Harmonie zu begreifen, in der sich die Dinge ringsum anordneten, um, wie es schien, den immer schnelleren und dumpferen Schlägen des Wassers gegen das Ufer zu weichen. Er hätte sich hinunterbeugen mögen, um dem Freund seinen Arm um den Hals zu legen und so nahe beieinander sich ans Geländer zu lehnen. Er war über ihm, denn Andrew war kleiner, und sah hinunter auf ihn: auf seine verschwitzt an den Schläfen klebenden Haare, seine zarten Schultern. Es war Andrew gewesen, dachte er, der ihn das Gefühl des verstreichenden Augenblicks gelehrt hatte: ohne ihm nachzuweinen, im Gegenteil, vergnügt darüber, ihn schwinden zu fühlen, wie man einem schönen Feuer zusieht, das sich auf einer Wiese verzehrt. Alles konnte man schweigend sagen und alles löste sich in Betrachtung auf; er hätte ihm gern gesagt, daß er sein Geheimnis aufgefangen hatte, das ihm selbst vielleicht gar nicht bewußt war. Frühreif war an ihm nur das Gefühl, in allem anderen war er noch ein Kind. Er hätte auch gern zu ihm gesprochen von der Schönheit, die in sein Gemüt einging, von den rasch aufblitzenden Lichtern, die das gegenüberliegende Ufer streiften, das sich undeutlich von seinem Spiegelbild im Wasser abhob. An denselben Spiegel schienen ihm, wie vergrößert, Andrews Augen gebunden zu sein. Augen, die an die Betrachtung gewohnt waren, sogar satte, schwermütige Augen. Er dachte an seine Mutter, deren Schönheit in diesen Augen gegenwärtig war, als eine Last, die sie tiefer machte, und auch eine Sehnsucht, die ihn daran hinderte, sie zu vergessen, aus dem Gehege einer allzusehr genossenen oder erlittenen Entsprechung herauszutreten, die ihn von den anderen Dingen entfernt hielt, unfähig machte, sie eines Tages anzugehen. Aber Sprechen war vergeblich.

Er legte ihm die Hände auf die Schultern und spürte unter dem leichten Stoff die Wärme der Haut. Andrew lächelte verlegen, schüttelte die Schultern, um sich freizumachen. Dann beugte er sich, um Giacomo nicht zu enttäuschen, übertrieben zu seinem Glas hinunter und trank langsam mit dem Strohhalm.

Giacomo sagte:

»Bald werde ich nach Mailand fahren, zu den Prüfungen.«

Andrew hob die Stirn, als würde er auch gerade daran denken; er werde auch abreisen, sagte er, bevor es kalt werde.

Sie redeten darüber, wann sie in der Stadt sein würden. Andrew sagte, er wohne in Porta Magenta. Er überlegte, daß er ihn nie danach gefragt hatte. Für ihn waren Andrew und seine Mutter Personen eines Märchens: das Märchen des Sees im September mit seinen wandelbaren, unwirklichen Lichtern, die einen Kreis bildeten, jenseits davon lag in weiter Ferne Mailand. Ein Gewirr von Straßen, Häusern, Trambahnen, die klingelnd durch den Nebel huschten.

Ein paar Augenblicke vergingen, und er hörte, daß Andrew auf der Schwelle eines Satzes stolperte, der ihm sehr am Herzen liegen mußte. Er verzog den Mund zu einer Grimasse, um zu fragen, ob sie sich in der Stadt wiedersehen würden. Er wollte lernen, auch so ein Schiff wie seines zu bauen.

Die Sonnenstrahlen flitzten wie Schlangen durch den Garten jenseits der Straße. Sie legten das kristallene Grau der Zedern zwischen den düsteren Pinien frei. Die Fensterscheiben und die Glasscheiben der Gewächshäuser erbebten in einem langen Schaudern. Dann verdunkelte sich die kleine karierte Tischdecke, auf der die Gläser standen. Die Wolken verdichteten sich jetzt in Andrews Augen.

Würden sie sich in Mailand sehen? Es war, als würde er ihn bitten, ihm treu zu blieben, ihn nicht zu verlassen, jetzt, wo sie sich kennengelernt hatten. Es war klar, daß das die wahre Frage war, die ihm auf die Lippen kam, und er hatte nicht einmal den Mut, ihm zu helfen, an seiner Stelle zu sprechen, weil er spürte, daß gegen seinen Willen alles in weite Ferne rückte und unsicher wurde: auch die Zukunft. Wenn er den Namen der Stadt im Geist wiederholte, verursachte er eine Enge, erweckte auf einmal ein Gefühl der Unmöglichkeit, so dunkel, daß es ihm fast schwerfiel, daran zu glauben, obwohl er sich gewiß wünschte, daß er ihn wiedersehen könnte, und daß ihre Freundschaft weiterginge.

Nun stand beinahe eine Mauer zwischen ihnen; Andrew redete, wiederholte mit Mühe dieselben Dinge, als könnte er den Zweifel nicht loswerden, und als wäre auch er trotzdem nicht imstande, sich einen Reim darauf zu machen. Wieder trat Schweigen ein. Hätte doch wenigstens der lange Augenblick der Rast angedauert, in dem vorhin in Giacomo das Gefühl gewachsen war, er habe eine höhere Stufe der Reife, des Verständnisses erreicht, die er der Unerfahrenheit seines Freundes, dessen Zerbrechlichkeit und Schweigen zu danken hatte, und die jetzt alles harmonisch angeordnet in einer Art Entwurf vor ihn hinstellte, sogar die Unmöglichkeit, an die Zukunft zu denken: und die Ursachen dafür dunkel glaubwürdig machte, auch wenn sie ihm unbekannt blieben. Doch über das Wasser lief ein ungestümer Wind, die Wellen tanzten und peitschten schließlich voll Ungeduld die Steine am Ufer. Ein Segel neigte sich bei der Rückkehr, richtete unter Spritzern seinen Kiel auf die Terrasse zu. Es glitt bebend vorbei, ein großer Vogel mit tropfenden Flügeln, und legte einen Augenblick seinen Schatten über sie.

»Es ist besser, wir fahren jetzt«, sagte Giacomo, es fiel ihm schwer, auf die Pause zu verzichten, in der sich die Zeit mit so überraschender Klarheit eingemeißelt hatte, daß er das Gefühl hatte, davon gezeichnet zu sein.

Den ersten Donner hörten sie in Cadenabbia. Auf den gotischen Spitzsäulen eines Hafenbeckens kreischten die Wetterfahnen. Autos fuhren an ihnen vorbei. Es war mühselig, im Gegenwind in die Pedale zu treten. Andrew schwieg, vielleicht dachte er an das Versprechen, das ihm Giacomo nicht gegeben hatte, und es war, als würde sein Schweigen sich als Last auf die Reibung der Räder legen.

Es fielen dicke Tropfen. Ein Staubgeruch stieg mit dem Wind auf. Zwei Radfahrer mit minzefarbenem Trikot schossen aus der Kurve hervor. Das Wasser strömte jetzt ohne Unterlaß in Bächen. Unter dem Tunnel hielten sie: Es war kalt und jedes vorüberfahrende Auto bespritzte sie mit Schmutz. Giacomo hatte Andrew mit seinem Pullover bedeckt und stand an der Tunneleinfahrt, um zu sehen, ob es aufhörte zu regnen.

Sie machten sich wieder auf den Weg, als der Regen nachließ. Draußen war der Himmel versteckt hinter einer einzigen, geballten, kohlschwarzen Wolke. Schon hatte er Gewissensbisse, weil er nicht gemerkt hatte, daß das Wetter umschlug. Es regnete ihm in den Hals und auf seine nackten Unterarme. Er fürchtete, die Mutter würde Andrew nicht mehr mit ihm weggehen lassen. Er würde ihn verlieren und zugleich diese durchsichtig klaren Tage, an denen aus der Schwäche des Freundes, der sich an ihn geklammert hatte wie eine Kletterpflanze, in ihm eine ruhige Sicherheit herangewachsen war.

Mit seiner Brust deckte er ihm den Rücken, er fror nicht, im Gegenteil, eine Wärme ließ sein Blut kräftig fließen, während er die Straße hinunterfuhr. Das Wasser peitschte auf Haar und Stirn. Andrew schauderte, über die Lenkstange gebeugt. Er fragte ihn, ob er in einem Café nochmal haltmachen wolle, aber er beruhigte ihn und sagte, es sei nur wegen der Geschwindigkeit. Während er sich ihm mit seinem regennassen Gesicht zuwandte, kam es ihm absurderweise vor, als hätte er Tränen in den Augen.

Auf der Uferstraße setzte er ihn vor der Kurve ab. Es war besser, wenn die Mutter sie nicht mit dem Fahrrad sah. Der Regen hatte noch nicht lange aufgehört, und in die glitzernden Büsche fiel die Dunkelheit. Im Garten des Victoria hatte man die Laternen angemacht, und die Leute traten vorsichtig zum Spaziergang heraus, während sich der Portier zurückzog und den großen roten Regenschirm mit dem knotigen Griff zumachte. Die Autos, deren Lichter unter dem Schleier der Feuchtigkeit ihre Lider aufschlugen, fuhren hinauf in die Dörfer am Ende des Sees.

Am Fenster hatte er, bevor er hinunterging, den Himmel noch grau gesehen. Funkelnd schaukelten die Palmwedel. Watteflocken verfingen sich in den Wipfeln der Bäume; dann machten sie sich los und glitten wie Segel bei einer Regatta über das Dach der Kaserne. In dem Augenblick trat er aus dem Gartentor.

Er ging die Uferstraße entlang, das Wasser war dunkel, von langgezogenen, immer wieder erlöschenden Lichtern gefurcht. Die Berge am anderen Ufer waren zwischen den Wolken nicht zu erkennen. Er ging am Eingang zur Villa vorbei. Der Rasen hatte eine dunkle Farbe angenommen. Es war noch zu früh, um zu Andrew zu gehen, also ging er bis zum »Lido« weiter. Unter dem Schilfdach spielte Aldo mit Elsas Bruder Tischtennis; vom Sand stieg ein starker Geruch nach Tauen und feuchtem Holz auf.

Elsa kam die Treppe herunter. Sie trug ausgeschnittene Schuhe mit hohen Absätzen und sah weiblicher aus und auch traurig, als sie sich anstrengte, bei seinem Anblick lustig zu wirken.

»Warum sieht man dich nicht mehr? Mit dir mußten wir immer lachen.«

Giacomo sagte irgendetwas.

»Komm ins Hotel, am Nachmittag«, fügte Elsa beim Abschied hinzu. Inzwischen kam Clara, mit einem Strickzeug unter dem Arm: Man hätte denken können, sie suche jemanden. Die jungen Leute der Sommergesellschaft sahen verloren aus, wie das »Lido«, das grau und verlassen unter dem feinen Regen lag, der nun wieder in den zerfasernden Nebel fiel. Ein paar weißere Pfropfen zögerten zwischen den Schluchten des Berges.

Eine Stunde war vergangen, seit er hier war. Er machte sich auf zur Villa. Er ging den Weg hinauf: Alles war still, die Eingangstür verschlossen. Er ging hinter das Haus, wo die Wärter waren, und betrat die Küche. Die Frau, die auch für das Kochen zuständig war, antwortete ihm, Andrew liege im Bett. Jetzt würde er schlafen, vielleicht nur ein Schnupfen, aber die Signora sei besorgt, weil das Fieber steige.

Am Nachmittag ging er wieder hin. Um sich die Zeit zu vertreiben, machte er einen Umweg hinter das Dorf, über die Tennisplätze. Er ging über die Brücke und schaute hinunter: Antonio war da mit seiner Angel. Die Kiesflächen an dem trüben Wasserlauf warfen eine ferne Sonne zurück. Die warme, schwere Luft machte schläfrig. Durch die Scheiben der Tür sah er die Mutter, die ihm den Rücken zuwandte; er klopfte leicht mit den Fingerknöcheln.

»Giacomo«, rief sie angestrengt, als sie aufmachte. Ihre Schönheit überraschte ihn: weniger fern und beinahe streng in dem nicht mehr leichten Kleid, mit dem hochgesteckten Haar. Um den Hals trug sie eine Bernsteinkette, die sich nur um einen Ton von ihrer Hautfarbe unterschied. In dem großen Zimmer und über der im Halbschatten liegenden Treppe lag eine unbewegte Stille, die er nicht hätte brechen können. Sie redete:

»Andrew geht es nicht gut, weißt du. Es ist besser, er sieht dich nicht; er regt sich so leicht auf, wenn er Fieber hat.« Ein schwieriges Lächeln, das ihren Worten eine rauhe Melancholie gab, zog ihre ungeschminkten Lippen auseinander: »Er sagt, ich darf dich nicht schimpfen.«

Sie sah ihm gerade in die Augen, wobei sie in ihrer Tiefe innehielt, vielleicht, um ihm zu verstehen zu geben, daß sie ihn nicht wirklich dessen bezichtigte, was geschah, sondern eher, als ob Giacomo in dem Augenblick das Schicksal darstellte, das ihr keine Ruhe lassen wollte.

Es war zum erstenmal, daß sie ihn in diesem neuen Licht sah und den Blick nicht von ihm lösen konnte, während er errötete. Plötzlich fühlte sich Giacomo als Fremder, weit weg von ihr, die sogar im Leid stolz war und beinahe neugierig darauf, es bis zur Neige kennzulernen, sein Wesen, seine letzte Härte in Giacomos Gesicht zu suchen. Als hätte er ihr Haus betreten, um sie wieder mit dem Leid zu konfrontieren, nachdem sie sich eingebildet hatte, sie habe es abgewiesen.

Aber als er dann still blieb und den Blick gesenkt hatte, gab sie sich einen Ruck und sagte:

»Kommst du morgen, ja?«

Sie war einen Augenblick hinter der Glastüre stehengeblieben.

Mechanisch ging er über den Rasen hinunter. Er hatte nichts erwidern können, während sie ihn ansah, die Vorstellung von der Wärme ihrer Haut hatte ihn verwirrt. Vielleicht war sie ein wenig neben Andrew im Bett liegengeblieben. Er dachte an ihn, wie es war, wenn er schwitzte, daß ihm die Haare an den Schläfen klebten. An ihren Duft, an die helle Haut, die um die Nase herum mit Sommersprossen übersät war: wie eine Maske der Schwachheit, der Zerbrechlichkeit. Wenn er an diese Haare dachte, durchdrang ihn eine unvernünftige Bewegung, beinahe ein inneres Lächeln, denn sie erschienen ihm als ein Erkennungszeichen, das nur für ihn gelten sollte und die Hartnäckigkeit einer Bindung heraufbeschwor, die im Fleisch begann.

Ihr Groll hatte ihm Angst gemacht und ihn erschüttert wie eine Ohrfeige. Während sie ihn ansah, hatte Giacomo gespürt, wie der Groll in ihr aufstieg und sich ausbreitete. Wie ein Kind hatte er dagestanden, das stattdessen, wer weiß warum, eine Liebkosung, Zuneigung und Wärme erwartete, alles, was sie mit Recht mehr denn je für Andrew empfinden mußte. Er ertappte sich bei dem Gedanken, daß er, wenn sie ihm einen Arm um den Hals gelegt hätte, weinend zu ihren Füßen niedergesunken wäre. Indem er sich beim Betreten der Uferstraße in dieser Haltung sah, empfand er Mitleid mit sich, weil er so lächerlich werden konnte, wenn er, ihr gegenüberstehend, vom Gewirr der Gefühle umgarnt und wie gelähmt war, und nicht mehr vernünftig denken konnte. Seine Schläfen brannten. Die vom Regen gewaschenen Blüten an den Oleanderbüschen des Victoria sahen aus, als wären sie lackiert.

Er merkte erst, daß er dort eingetreten war, als er schon durch das Foyer ging. Er kam schließlich in den Ballsaal. Ein Engländer mit einer Zigarre im Mund und offenem Hemdkragen spielte auf dem Klavier.

Elsa lief ihm entgegen und zog ihn mit den Händen in die Mitte des Saals; sie lachte und sagte: »Ich bring dir das Tanzen bei, du wirst schon sehen.« In ihren Armen fühlte er sich weich und kraftlos, wie betrunken. Er berührte mit seiner Brust die ihre und empfand dabei eine Süße, die ihm zuwider war. Er hätte sich, fern von allen, ausweinen mögen. Er dachte an Andrews Augen, die im Fieber glühten, während ihm sein Blut immer schwerer wurde in einem Schmachten, das Elsas Duft vermehrte. Sobald er die Kraft dazu hatte, riß er sich von ihr los und setzte sich in einem

Kreis verlassener Sessel am Ende des Saals nieder. In der Mitte der stuckverzierten Decke strahlten die milchigen Kugeln des Lüsters. Es kam ihm vor, als würden sie anfangen sich zu drehen. Elsa stand am anderen Ende des Saals mit zwei blonden Jungen, die aussahen wie Zwillinge, und lachte geräuschvoll. Dann sah sie Giacomo und kam wieder zu ihm, um ihn zu fragen, ob ihm übel sei. Als sie so über ihn gebeugt war, sah er ihr in die Augen, ohne daß sie sie hätte verbergen können: Sie waren traurig und düster, nicht strahlend und voller Leben wie früher. Vielleicht wollte sie ihn in ihrer Nähe haben, weil er sie an Stefano erinnerte.

Als er aufstand, bemerkte er Clara. Sie stand in einer Ecke, abgesondert mit einem jungen Mann, den er kaum kannte: groß, Bürstenschnitt, Aussehen eines fertigen Mannes. Er hieß Filippo und war aus Brasilien gekommen, um Medizin zu studieren. Clara hatte ihn auf einem Fest kennengelernt. Er ging nahe an seiner Schwester vorbei und begrüßte sie; er hoffte, mit ihr zusammenzusein, mit ihr nach Hause zu gehen. Aber sie lächelte nur halb, ohne ihren Blick von ihrem Gesprächspartner abzuwenden.

In der Nacht regnete es wieder. Er hörte, wie das Wasser aus den Dachrinnen herausschwappte, und plötzliche, niederprasselnde Schauer voller Wind zogen ihn im Schlaf wie Wogen in die Ferne. Er träumte von Andrew, der auf dem Rasen bei seinem Haus lag. Als läge er in einem Teich, bedeckte das Wasser seinen Körper, ohne ihn zu verbergen. Er sah sein fahles Gesicht, seine angstvollen Augen, aber er konnte ihm nicht zu Hilfe eilen, eine Hand drückte ihm schwer auf die Brust. Als er erwachte und noch schlaftrunken war, schien es ihm, als hörte er in der Ferne den Widerhall eines deutschen Wortes, gespickt mit G und K, mehrmals mit hartem Akzent ausgesprochen.

Auf die roten, glänzenden Dächer tropfte vom Himmel ein Tau, der alles wankend machte, in der unsicheren Erwartung der Sonne oder eines Regengusses. Von der Ecke des Weges sah man nicht den See, sondern Nebelschleier; man erkannte die Linie des Wassers, von der kreischend die Möwen aufflogen. Ausländische, in Richtung Grenze fahrende Auto mit dem Gepäck auf dem Dach kamen vorbei und spritzten fransenförmig blonden Schlamm: in der Farbe der Jahreszeit, die vom Gold der prallen Weintrauben zum Tongelb des mit Wasser getränkten Staubs reichte.

Giacomo ging langsam. Er hörte die Sirene des Dampfers von der Anlegestelle. Die Linden in der Allee traten eine nach der anderen aus dem Nebel hervor. Einige Blätter mit rostigen Flecken waren schon gefallen.

Er hatte den Kutter unter dem Arm. Seit Andrew krank geworden war, hatte er beschlossen, ihm das Schiff zu schenken. Am Abend vorher war er lange aufgeblieben, um anstelle der Segel zwei Dreiecke aus Stoff anzubringen. Den Saum hatte Emilia genäht, die jetzt zu einer guten Gefährtin geworden war und ihm die Taschen mit Obst vollstopfte, wenn er mit Andrew losfuhr oder sich zum Lernen hinsetzte. Auf das Heck hatte Antonio in blauen Buchstaben den Namen des Freundes gemalt.

Er mußte ihn unbedingt sehen; er wußte, daß er etwas falsch gemacht hatte, und war um ihn in Sorge. Der Ausflug

hatte zu lange gedauert, so hatte sie das Gewitter überrascht. Der Augenblick im Café kam ihm in den Sinn. Die
Markisen der Villa gegenüber hatten angefangen zu wak-
keln, das Licht ließ Andrews Gesicht weiß erscheinen und
dahinter spiegelten sich im aufgewühlten Wasser des Sees
die einander jagenden Wolken.

Er klopfte an die Glastür. Das jüngere Dienstmädchen
kam, ihm aufzumachen, und hinter ihr erschien die Mutter.
Sie sah ihn kaum an, als würde sie jemand anderes erwarten.
Sein ganzes Gemüt war verstört und er fühlte sich von ihren hohen, fernen Augen ausgeschlossen, als könnte sie seine Gegenwart tatsächlich nur noch bemerken, um sich an
seine Schuld zu erinnern.

Das Telefon läutete; sie nahm den Hörer selbst ab. Er verstand, daß sie von Andrew, von dem in der Nacht gestiege-
nen Fieber sprach. Es mußte der Mailänder Arzt sein, der
nicht kommen konnte; sie würde Andrew vielleicht morgen in die Stadt bringen, wenn das Fieber nachließ.

Um sie nicht anzusehen, schaute Giacomo auf den
Rasen jenseits der Glastür, der sich im Regen verlor. Er
erblickte die langen grauen Äste der Zeder, ohne deren
Wipfel zu sehen, und sie erschienen ihm vor Kälte steif
und leblos geworden wie entrindete Stöcke. Er hörte
Andrews Stimme, die von oben, eine Treppe höher, rief;
wahrscheinlich hatte ihm das Dienstmädchen Bescheid
gesagt. Die Mutter redete weiter, die Wange an den Hörer
gepreßt, damit ihr ja kein Wort entging. Er fühlte sich
vergessen, von einer wachsenden Leere abgewiesen: vielleicht würde sie ihn daran hindern, seinen Freund zu be-
grüßen.

Auf einmal befand er sich auf der Treppe und ging hoch. Oben angekommen sah er eine angelehnte Tür und stieß sie auf.

Durch die beschlagenen Fensterscheiben drang wenig Licht herein. Ein kleines Bett aus Nußbaumholz und mit einer Cretonnedecke stand da. Auf dem Kopfkissen war als ein dunkler Fleck Andrews Gesicht zu erkennen, er beugte sich nach vorne, wobei seine fieberroten Wangen sichtbar wurden.

»Ciao, Giacomo«, sagte er.

Seine Stimme war dünn und seine Augenlider flatterten.

Das Gesicht glich aufs Haar dem, das er im Traum gesehen hatte, noch kindlicher, obwohl es jetzt nicht blaß war, sondern eher zu farbig; und er glaubte beinahe, er würde immer noch träumen. Andrew sprach mit einer Miene, die den Worten einen müden Klang gab, als ließen sie sich nicht mehr korrigieren, aus einem ihm nicht verständlichen Grund. Er hatte aber beinahe gar nichts gesagt, während Giacomo den Kutter aufs Bett legte und die Segel strammzog, die sich gelockert hatten.

Andrew hob ihn am Kiel hoch und sah ihn an, als wäre es das erste Mal.

»Wie schön er ist, so«, sagte er.

»Die Segel sind nicht echt: nicht die, die eigentlich dazugehören. Schau ihn hinten an, am Heck.« Er spürte in der Brust ein so volles Gefühl der Süße, daß es ihm schwer wurde, während er ihm in aller Einfachheit den kostbarsten Gegenstand schenkte, den er besaß. Keinen leblosen Gegenstand, sondern einen klaren, anmutigen Talisman, der ihn vor düsteren Reizen, vor unnützen Eitelkeiten bewahrt hatte; der zählte jetzt weniger als ein Lächeln seines Freundes. Und während er auf dieses Lächeln wartete, dachte er, daß das Schiff mit seinem spitzen Kiel seit dem Tag auf ihn zugefahren war, an dem er es aufs Wasser gestellt hatte und er, als er seinen Blick wieder erhob, von der Gestalt der liegenden fremden Frau getroffen worden war.

Andrew lächelte, als er seinen Namen am Heck geschrieben sah. Dann hob er fragend die Stirn.

»Es gehört dir«, sagte Giacomo.

Andrew runzelte die Brauen, wie es immer geschah, wenn er nachdenken mußte. Dann sah er ihm gerade ins Gesicht, diesmal mit feuchten Augen.

»Das geht nicht«, sagte er. »Es ist zu schön, es hat dich soviel Mühe gekostet.«

»Ich mache mir ein anderes, ein größeres. Das hier gehört dir.« Nur mit Mühe konnte er seinen Blick aushalten. Er fürchtete, er würde auch weinen. »Schon beschlossen«, sagte er; es war, als würde er ihm einen Befehl geben, ohne im Grunde noch das Recht dazu zu haben; wie wenn er auf einem Ausflug bei einer Abzweigung den Weg wählte und Andrew ihm gefügig folgte.

Er setzte sich im Bett auf und nahm Giacomos Hand: seine Handfläche glühte. Dann ließ er sich auf das Kissen fallen, und hob hin und wieder den Kopf, um das Schiff zu betrachten. Mit der anderen Hand hielt er es über die Falten des Bettuchs geneigt wie unter einem imaginären Windstoß.

Das Licht war grau. Die Fliegen flatterten herum und schlugen gegen die Fensterscheiben. Lautlos kam sie herein und setzte sich Giacomo gegenüber in den Sessel, auf der anderen Seite des Betts. Nach einer Weile sagte sie leise auf Englisch:

»Streng dich nicht an, bleib liegen.«

Es war, als hätte sie Giacomo gar nicht gesehen.

Andrew ließ sich ins Kissen sinken. Sie nahm Nadeln samt Strickzeug vom Tischchen und fing wieder an zu stricken.

Jetzt weinte Andrew. Die Tränen liefen ihm über die purpurrot gefärbten Wangen. Mit glänzenden Augen, die wie vergrößert waren und in denen kein anderes Bild zu sein schien als das des Freundes, sah er Giacomo an. Es war, als wollte er den Abstand, der sie trennte, seine Krankheit zunichte machen; ihm folgen, auch wenn er hinausging, und die Weinberge auf den sonnigen Hügelterrassen und die Wege wiedersehen, die steinig wie ein ausgetrocknetes Flußbett von den Bergen hinunterführten.

Giacomo senkte den Kopf: Es war ihm heiß, und er schämte sich beinahe wegen der Erregung, die sein Geschenk hervorgerufen hatte. Es wurde ihm klar, daß er Andrew durch seine Mutter geliebt hatte, und trotzdem konnte er es noch nicht vermeiden, an sie zu denken. Während es für Andrew in seiner ersten Freundschaft keine Zweideutigkeiten gegeben hatte. Es schien ihm, als würde die Hitze jetzt von seinen Adern in die Andrews strömen, der ihm immer noch die Hand hielt.

Sie hatte sich mit einem Ruck erhoben, fast als würde sie die Kraft ihrer Vertrautheit ahnen. Andrew hatte mit leiser Stimme einige Worte zu ihr gesagt – vielleicht über das Schiff, denn er hatte es ein wenig hochgehoben, um es ihr zu zeigen – und sie hatte den Kopf abgewandt und so getan, als würde sie nichts hören. Mit einem Taschentuch trocknete sie ihm die Augen, unruhig und mit verkrampften Händen. Sie hatte ihn immer vor zu lebhaften Erregungen geschützt, wie vor Kälte und Regen: unter einem Glassturz, dessen stets gleicher und ferner Widerschein in ihren Augen im Halbschatten leuchtete. Andrew schloß vor Anstrengung die Augenlider. Die Mutter begann wieder zu stricken: Es war eine leichte aschfarbene Stola in einem weiten, freien Muster, die ihre Schultern liebkosen würde, wenn sie, ehe es dunkel wurde, noch einmal herunterkam und auf dem Rasen nach ihnen rief.

Giacomo warf ihr verstohlen einen Blick zu. Er fürchtete sich davor, ihrer ungeduldigen Angst, ihrer zurückgehaltenen, glühenden Kraft, die ihre Hände verraten hatten, als sie Andrew die Tränen abtrocknete, offen zu begegnen. Er bewunderte, ohne es ernstlich und beharrlich zu wagen und trotzdem unfähig, darauf zu verzichten, ihre klare Stirn, die geschwungene Linie ihres Schoßes, ihre Knie, die der Rock nicht ganz erreichte: ihre ganze Gestalt. Sie erschien ihm noch als ein Idol, eine Statue – freilich keine kalte, sondern voller Wärme –, die das Zimmer, den Atem des Sohnes beherrschte. Sie skandierte auch die Zeit für ihn, für beide in dem raschen Takt, in dem sie ihre Ellbogen nach vorne schob. Er dachte, daß auf ihrer Brust der leichte Duft, den er kannte, sich dem anderen, schärferen, der warmen Haut unterordnete. Es war ein langer Augenblick; das Blut lastete ihm in den Schläfen.

Er stellte sich sein eigenes Leben vor, im Umkreis dieser Wärme. Andrew wäre genesen und sein einziger Freund würde für sie zu einem älteren Sohn. Er erschauderte bei dem Gefühl der Schwäche, das ihn an den Hüften packte.

Die sich ausweitenden Minuten erschienen ihm wie eine Ewigkeit. Er hörte das Rascheln der Wolle, die sich vom Strang abspulte, den Atem Andrews, der mit halb geschlossenen Lidern dalag. Auf einmal spürte er, daß sie ihn anschaute. Er hob den Blick, während er zu zittern begann, und begegnete dem ihren. Es dauerte nur einen Moment. Er konnte diesen Blick nicht aushalten, er war ein Messer, das in ihn eindrang, ohne wehzutun, das ihn im Gegenteil, sein Gemüt streifend, sanft bluten ließ. Er hatte etwas Unwillkürliches und Starres, versunken in dem sie trennenden Schatten.

Giacomo spürte, daß sich seine Schläfen entzündeten, und unvermittelt befand er sich wieder an jenem Vormittag, an dem er Andrew kennengelernt und das Gefühl gehabt hatte, er würde aus sich heraustreten, um das Hafenbecken zu überqueren und mit der Hand ihren Arm anzufassen, der so mild von der Sonne gestreichelt wurde. Das Schwindelgefühl wiederholte sich, als würde er sich über den Rand seines eigenen so armen und unschlüssigen Lebens so weit hinausbeugen, daß er in ihres fiel, das noch aus nun nicht mehr unbekannten Flammen und stiller Sanftheit bestand, fast als hätte er in all den Tagen in einer solchen Tiefe davon geträumt, daß sie ihm nicht bewußt werden konnten.

Und als hätte sie es immer gewußt, stellte sie ihn jetzt beinahe mit Härte zur Rede. Vielleicht grollte sie ihm, weil seine Zuneigung nicht ganz Andrew gehört hatte. Er hatte ihn um etwas betrogen, war ihm mit Falschheit Freund gewesen, auch in dem Augenblick, als er ihm mit dem Schiff das Beste seines Jungenlebens – das aufreibende Erlernen einer absoluten Schönheit – zum Geschenk machte; unverhofft fand er es nun wieder in dem durchzustehenden Schwindelgefühl, das so anders war als eine Verzückung der Sinne, und doch von demselben Ungestüm. Etwas spiegelte sich vervielfacht in ihrer stolzen Schönheit, in die er jetzt eingetreten war, wenn auch nur wegen des Zweifels oder des Grolls, den ihr Blick immer noch ausdrückte. Giacomo brauchte schließlich nicht beleidigt zu sein: Es war die Wahrheit. Auf verworrene Weise fühlte er sich gespalten zwischen ihr und Andrew, genau wie er in diesem Augenblick zwischen ihnen saß. Die Tränen traten ihm in die Augen und er schaute auf die Bettdecke, damit sie es nicht merkte.

Es war vielleicht geschehen, was er an jenem Vormittag geträumt hatte: als hätte er sie berührt und sich an ihrer Haut die Hand verbrannt. Jetzt mußte er wieder zu sich kommen, und dann an die Oberfläche; das befahl sie ihm, indem sie sich erhob. Auch diese Bewegung erschütterte ihn, indem sie ihre Gestalt aus der Unbewegtheit, die ihn beeindruckt hatte, löste und in einer anderen Haltung neu erstehen ließ.

Das Schiff war auf dem Bett umgefallen. Andrew schlummerte, wobei seine Hand immer noch den Kiel zu streicheln schien. Sein Name am Heck war zu lesen, wenn auch die Buchstaben im Schatten verblaßten. Aber vielleicht hatte er sich geirrt, sie hatte dieses Geschenk nicht angenommen;

sie beneidete ihn einfach, weil sie ihm keines hätte machen können, das ihn ebenso bewegt hätte. Es war besser zu denken, alles sei ein Traum gewesen. Giacomo hatte seinen Mut verloren, während sie durchhielt, in stolzer Ferne. Die ganze Zeit über hatte sie ihn nicht angeredet.

Von unten hörte er die Stunde schlagen in dem großen Mahagonikasten der Pendeluhr im Hauseingang. Sie trat zu ihm: Giacomo schien es, als würde sie es entschieden vermeiden ihn anzusehen.

»Er schläft; lassen wir ihn ruhen«, sagte sie. Und nach einer Pause: »Kommst du morgen wieder, Giacomo?«

Zum erstenmal bemerkte er, als sie seinen Namen auf den Lippen hatte, eine Andeutung der süßen Kantilene, mit der sie Andrew rief. So schien es ihm: Vielleicht war sie zerstreut gewesen oder sie hatte sich ergeben.

Er ging die Treppe hinunter: die weißen Wände, der karmesinrote Läufer entrollten sich wie im Traum. Draußen war es kühl; er spürte einen Kälteschauer, als er auf den Rasen trat. Er sah ihre Augen wieder, die ihn musterten, als wären sie von den seinen aufgereizt, die sie wiederholt gesucht hatten, und er fragte sich immer wieder, was sie ausdrücken mochten: ob Verachtung für ihn, der, wie sie glaubte, Andrews Vertrauen mißbraucht hatte, um durch seine Freundschaft zu ihr zu gelangen, oder ob sie in dem Augenblick die Kraft seiner Anbetung geahnt hatte, die sich schließlich auch auf ihren Sohn ausgedehnt hatte. Aber wenn sie die Anbetung, die er ihr entgegenbrachte, begriffen hatte, war es, indem sie bis in diese Tiefen vordrang, als ob sie ihm nachgegeben hätte. Er hatte nichts anderes gesucht, vom ersten Tag an, als daß sie sein Dasein bemerkte, ihren Blick, den Blick einer Göttin, auf ihn fallen ließ, nur einen Augenblick. Im übrigen verstand er selber nicht, in welchem Maß er sie beide betrogen und in welchem er sie beide geliebt hatte.

Spät schlief er ein. Es schien ihm, als hätte er an dem Nachmittag bemerkt, wie vielschichtig die Liebe ist; nicht nur die Sehnsucht nach Harmonie und Schönheit, sondern auch ein Streben nach Auflösung, nach Selbstvernichtung. Und außerdem war etwas heillos Grausames dabei, etwas, das er sich nicht einmal hätte eingestehen können, wenn er es wirklich verstanden hätte.

Der Himmel blieb auch am nächsten Tag grau. Er durfte Andrew nicht sehen. Die Köchin teilte ihm mit, es gehe ihm besser und er müsse schlafen.

Er wußte nicht, was er mit seiner Zeit anfangen sollte. Um zu verstehen, mußte er die beiden wiedersehen. Da blieb ihm nichts anderes übrig als das Lernen. Als er auf der Veranda saß, hörte er Emilia in der Küche singen; die Fliegen klebten sich an den Spiegel zwischen den zwei Türen oder fielen entkräftet auf das Deckchen der Konsole. Seine Mutter war oben in ihr Zimmer eingeschlossen; sie sagte, sie spüre das Wetter. Es war Donnerstag. Der Vater würde vielleicht am Samstagabend kommen. Spät fuhr Giacomo mit dem Rad auf die Uferstraße hinaus. Hinter den Gartentoren standen bleich und verblüht die Hortensien. Die Lindenblätter knisterten unter den Reifen und hefteten sich an den nassen Asphalt. In dem Restaurant gegenüber der Anlegestelle gingen die Ober zwischen den leeren

Tischen herum und falteten die Servietten zu Spitzkegeln. Auf der anderen Seite des Sees sah man am Berg weiß und angeschwollen den Wasserfall des Fiumelatte.

Er kehrte um und fuhr in Richtung der Villa. Ohne vom Rad abzusteigen, schaute er von der Mitte der Brücke aus hinauf, mit dem Fuß an das Mäuerchen gestützt. Die Fassade war nicht zu sehen: nur hoch oben unter dem Dach kam aus Andrews Fensterscheiben ein rosiger Schein. Langsam fiel die Dunkelheit ein. Als er nach Hause fuhr, glaubte er, er habe den Freund auf der Fahrradstange, der sich mit dem Rücken an seinen Arm lehnte.

Zur Villa ging er noch einmal am Freitag nach dem Mittagessen. Von jenen Tagen blieb ihm neben wenigen anderen dieser Augenblick in Erinnerung. Er sah sich wieder den Gartenweg hinaufgehen. Es schien ihm sehr lange zu dauern, während es sich nur um wenige Schritte handelte. Die vom Regen dunkel gefärbte Fassade der Villa stand mit geschlossenen Fensterläden vor ihm, die Glastüren waren von Holztüren verriegelt, in demselben dunklen Rot wie die Fensterläden. Er hörte den Kies unter seinen Sohlen knirschen, während er um das Haus ging, in der absurden Hoffnung, es sei nicht wahr. Die Küchentür war offen; die Wärterin putzte den Boden und stand auf:

»Andrew wollte sich von Ihnen verabschieden, aber es war keine Zeit mehr dazu. Er hat gesagt, ich soll Ihnen das hier geben.« Sie hielt ihm einen Tennisschläger hin, einen Dunlop-Turnierschläger, den Giacomo eines Tages in die Hand genommen hatte, seine Leichtigkeit bewundernd. Es war ein Geschenk des Vaters, das Andrew nie hatte verwenden können.

Als er schweigend stehenblieb, fügte die Frau hinzu:

»Sie sind nach Mailand gefahren. Für Andrew kann auch eine Bronchitis zu etwas Ernstem ausarten.

Sie haben es ausgenützt, daß er kein Fieber mehr hatte und sind abgereist.«

Er ging über den Rasen, wobei er den Schläger leicht über das Gras schleifen ließ. Ein Rinnsal machte sich auf dem Abhang breit. Die großen Äste der Zeder breiteten sich unbewegt aus und auf dem Rasen verteilte sich nicht mehr ihr Schatten, von einigen lebhaften Lichtflecken unterbrochen. Von den Nadeln, deren Grau an Silber grenzte, tropfte es bisweilen. Alles hatte sich verändert: auch dieser Ort sah nicht anders aus als irgendein anderer Garten. Er glaubte, seine und Andrews Schreie wieder zu hören und ihrer beider Namen in ihrer klaren Stimme vereint. Sie erschien zwischen den Bäumen in ihrem hellen Kleid, das ihm aus der Ferne immer dasselbe zu sein schien, und es war wie ein Zeichen, das eine andere, zugleich profane und heilige Zeit einleitete, während seine Augen feucht wurden.

Doch der Rasen war ein farbloser Teppich, schon zerrauft, über den glucksend Wasser rann. Andrews bleiches Gesicht und seine vor Schreck vergrößerten Augen kamen ihm in den Sinn. Die Lokomotive fuhr mit einem Windstoß vorbei, der zwischen seinen leichten Haaren nachzitterte. Das Bild entschwand. Die Mutter kam herauf, langsam, als ginge sie eine Treppe hinter einem Mäuerchen hoch. Er sah zuerst den Strohhut, die Stirn, dann die dunklen Augen und die Schultern: ihre verhaltene, glühende Kraft hinter dem Glas des hohen, fernen Blicks, der ihn nicht ansah, aber ihn doch mit Gewalt traf. Er hätte schreien mögen, damit sie sich umdrehte. Es blieb ihm das Würgen im Hals.

Ohne es zu merken, hatte er schon die Kurve und die Brücke hinter sich gebracht und ging nun die Straße oberhalb der Tennisplätze des »Lido« weiter. Auf den Saiten des Tennisschlägers breitete sich der Widerschein einer zaghaften Sonne aus. Er klopfte zweimal, dreimal mit den Knöcheln darauf und horchte auf den metallischen Klang, denselben Klang, den er an dem Tag hörte, als Andrew neben ihm saß und ihm die Geschichte von der Gouvernante erzählte. Die Spieler schlugen sich aus der Ferne kräftige Bälle zu, und der Aufprall wiederholte sich, um in seinen Ohren zu erlöschen, isoliert und plötzlich weit weg in der Stille, wohin sie die vertrauliche Erzählung versetzt hatte. Andrew konnte sterben: An ihm war alles so zerbrechlich wie jene dauerlosen Klänge, seine Gesichtszüge, seine Gefühle und ihre Freundschaft, die sich mit so wenig ernährt hatte. Er ging am Friedhof vorbei; die Sonne schien kärglich auf die kantigen Steine der Umfriedungsmauer, gegen deren Schwere nicht einmal die Grazie der Zypressen etwas vermochte. Vielleicht würde er sterben: Diese Worte klangen dumpf und bitter in ihm nach. Er wollte sich bestrafen, sich etwas antun: Er dachte, er habe ihn der Mutter geopfert, in den Augenblicken, in denen er nur sie sah, beinahe als würde ihn von hinten eine Kraft antreiben, die er nicht zu beherrschen verstand und auch nicht hätte beherrschen mögen.

Er sollte aber nicht sterben und er würde ihn nie mehr sehen. Das wußte er plötzlich mit Sicherheit, ohne den Grund dafür zu verstehen. Er war nicht imstande zu denken, er spürte kaum, daß die Zeit verging, wie der Dunst unter den Sonnenstrahlen verrauchte, die unvermittelt die Kurve der Landstraße unten beschienen. Er merkte, daß er auf Nobiallo zuging.

In der Bucht schillerten neben der Boje die zwei Motorboote der Finanzpolizei, grau gegen den noch düsteren Berg abgehoben. Er durchschritt das Gartentor einer großen Villa. Auf dem freien Platz vor der Garage, versammelt um den kleinen Koffer des Grammophons, der geöffnet auf dem Mäuerchen stand, erblickte er die Sommergesellschaft. Es waren nur noch wenige: die zwei Lanfranchimädchen, Aldo, Elisa, Elsa und sein Bruder. Sie hatten ihn gesehen, er konnte nicht mehr zurück.

Sie saßen schweigend auf dem Mäuerchen und hörten den *Saint Louis Blues*. Hier, wo sich die Kurve eng an den Berg schmiegte, verstärkte sich der melancholische Klang der Musik. Unten klatschte das Wasser gegen die Felsen und in den kurzen Wellen steckte noch die Wut des Sturms. Schwarze, vom Bergwind mitgeschleppte Wolken zogen vorbei. Vom gegenüberliegenden Ufer bis zu den Häusern von Nobiallo, die in der unvermittelten Blässe gespenstisch wirkten, zeichnete sich ein dünner Regenbogen ab. Dann brach über der Straße die Sonne in einer Girlande gelber Feuer hervor. An den Haselsträuchern und Weißbuchen, die sich über den Hang neigten, glitzerten die feuchten, goldenen Blätter, daneben die Flecken der Pinien, die nur an den Rändern, wo sie an den Himmel stießen, beleuchtet waren.

Die Musik verklang, ohne daß sich jemand erhoben hätte, um eine andere Platte aufzulegen. Elisa brach das Schweigen; er hatte nie bemerkt, wie frisch ihre Stimme klang:

»Wie traurig wir alle sind! Schaut doch, da kommt die Sonne wieder!«

Aldo stand auf, er stellte sich neben ihn und nahm den Tennisschläger, um ihn auf der Hand zu balancieren.

»Schön«, sagte er. »Wem gehört er?«

»Mir«, antwortete er hastig. »Ich habe ihn im Tennisclub gekauft. Er gehörte einem Engländer.«

Aldo pfiff und entfernte sich, um eine andere Platte aufzulegen. Es war der Schlager des Sommers: *Adios muchachos, compañeros de mi vida.*

Die Musik ließ ihn die fortbestehende Last des Daseins und die Sehnsucht nach den Tagen, deren Ende er sich nie so vorgestellt hatte, einschneidend spüren. Er glaubte plötzlich den Blick zu verstehen, den sie ihm zugeworfen hatte, obgleich nun alles so verworren erschien. Es war vielleicht etwas, das in ihm aufstieg und gegen den Blick stieß, den sie ihm zurückgelassen hatte wie Andrew den Tennisschläger, den seine Faust umschloß. Einen Blick, der etwas von einem Verdacht hatte, letzten Endes, der auch die anderen betraf und sie in ein neues Licht rückte: Elsa, Clara, alle, auch seinen unruhigen Wunsch nach Schönheit und Harmonie und die Erinnerung an Andrews zärtliche Augen, die er für das Bild der verlorenen Reinheit gehalten hatte. Alles wurde wieder schwierig, fiel wieder hinab in die Nacht der Sinne, in ein dunkles Abspulen. Es war ihm, als hätte ihr Blick vor allem Bewußtsein, resignierte Illusionslosigkeit enthalten.

Die Musik erschien ihm in ihren langgezogenen, klagenden Tönen einen Augenblick als eine Befreiung. Sie drückte die Mattigkeit, die Melancholie aus, die sich alle – die gerade Halbwüchsigen und die schon in der Jugendzeit Angekommenen – gegenseitig zum Abschluß des endenden Sommers mitteilten.

Die Platte blieb stehen. Die Straße war leer und die Lichter wurden vom Asphalt aufgesogen; da bemerkte er, daß Clara fehlte.

»Wer hat Clara gesehen?« fragte er.

Alle schwiegen: Nur Aldo trällerte lächelnd die Weise von vorhin. Er wiederholte seine Frage. Da antwortete Elsa, mit einer Schulter zuckend.

»Weißt du's nicht? Sie hat Filippo zum Dampfer gebracht, er geht zurück nach Brasilien.«

Er wußte es nicht, er war an allen diesen Tagen fern gewesen. Er merkte, daß er rot wurde, und blickte über das Mäuerchen hinaus. Er hatte nur den See vor sich; von da oben unter der senkrecht abfallenden Felswand eine Bucht voll Traurigkeit, wo die Wellen aufeinander folgten, um an den Felsen zu sterben.

Auf dem Heimweg ging er über das Dorf. Er hatte sich von den anderen abgesondert und wollte weinen, jetzt, da sein Erlebnis ein so abruptes Ende fand. Im Wohnzimmer machte er Licht. Es roch ein wenig nach Schimmel und altem, abgestelltem Zeug. Von Teppichen und Möbeln ging der Hauch ihrer dürftigen Geschichte aus, nach der hellen Jahreszeit, in der sie geglänzt hatten. Alles erlosch wieder in einer eintönigen Müdigkeit. Giacomo hatte das Gefühl zu schauern, aber es war ihm übel. Oben hörte er Fensterläden schlagen. Ein Wind erhob sich.

Clara kam die Treppe herunter.

»Es wird wieder regnen«, sagte sie leise und ging zur Tür. Giacomo folgte ihr. In der Dunkelheit fielen ein paar dicke Tropfen. Man hörte sie auf die Palmwedel und die Betoneinfassung aufprallen, die um das Haus herumlief. Dann begann der Wind wieder in den Ästen der Pinien zu wehen, bis eine lange Stille eintrat, die sich über die Stufen hinunterspannte: eine Glasplatte, die einen anzog wie ein Schwindelgefühl.

Clara brach in Tränen aus. Er spürte ihre kalten Finger, die sich auf seinen Hals legten und an der Schulter haltmachten. Ein Beben erfaßte ihn und er wandte sich ihr zu, um sie zu umarmen. Ihre Wangen glühten.

Langsam begann es zu regnen; das losgelöste Rauschen des Regens schien die Zeit einzuschläfern und sie von der Welt zu trennen, während sie weinten. Auch Clara hatte sich verändert: Die zwei, drei Wochen, die seine Freundschaft mit Andrew gedauert hatte, waren genug gewesen. Ihr frisches Lachen, das alle bezauberte, fand er unvermittelt in Weinen verwandelt, und es kam ihm vor, als hätten ihre Tränen die Macht, die seinen zu trocknen. Sie schwiegen, sagten einander nichts, aber doch war es, als hätten sie einander alles gesagt: Sie hatte in den kurzen, raschen Septembertagen, die nun vergingen, zum erstenmal geliebt, und er hatte nichts davon gemerkt. Ohne sich voneinander lösen zu wollen, genossen sie die Wärme der Solidarität, die sie verband. Beiden hatte vielleicht die Mutter gefehlt, die sie doch aus ihrer Kinderzeit zärtlich und jung in Erinnerung hatten. Jetzt war sie zurückgezogen und müde, in den Vater verliebt und eifersüchtig auf seine Abwesenheiten.

Arm in Arm gingen sie einmal ums Haus. Dann hörten sie Stefanos Stimme, der gerade nach Hause kam. Clara wischte sich mit dem Taschentuch über die Augen. Giacomo murmelte:

»Wir sagen einfach, es hat uns ins Gesicht geregnet.«

Aber Clara fing wieder an zu weinen und er sagte nichts mehr. Sie blieben im Garten, in der Dunkelheit, während das Wasser von den Blättern tropfte.

Es regnete auch am nächsten Tag, an dem der Vater ankommen sollte. Es hörte auf, um gleich wieder anzufangen. Der See war eine große graue Pfütze.

Sie gingen zusammen zur Anlegestelle gegenüber dem Bahnhof, um ihn abzuholen. Das Licht zog sich zurück und ließ die an den Oleanderbüschen verwelkenden Blütenblätter erbleichen. Im alten Hafenbecken schwammen Kürbisschalen und Korken, während melancholische Tropfen aufs Wasser fielen. Ein starker Geruch nach Fauligem stieg auf. Der Herbst begann.

Dieser Sommer war anders gewesen als die vergangenen Sommer: die letzten Ferien der Kindheit. Für Giacomo war ein neues Lebensalter herangereift: vom Reiz der Sinne bis zu den zarten Bildern seiner knabenhaften Liebe. Denn knabenhaft war sie gewesen, er glaubte schon jetzt ihre Stärke, das Beben, das ihn dumm machte, zu vergessen, im Angesicht von Claras Tränen, die wirklich ihr Leben als Frau begonnen hatte. Er sah sie einen Augenblick zärtlich an. Der dünne Regen fiel auf ihre unbedeckte Stirn, die weiß geworden zu sein schien, und in ihren Augen zitterte ein leichtes Flämmchen. Sie gingen an den Eisenbahngleisen vorbei. Ein paar Lampen schwankten auf den unförmigen Flecken der Waggons. Auch über Andrew legte sich ein Schleier der Dunkelheit. In Giacomo blieb etwas, das er trotzdem nicht vergessen würde: eine Durchsichtigkeit von Bildern, ein Vibrieren, aus dem, schon mild geworden, der Schmerz entstand, der ihm half, Claras Schmerz zu verstehen.

Am See angekommen, stützten sie sich mit den Ellbogen auf die Balustrade. Es war ganz dunkel geworden. Sie blickten auf das schwarze Wasser und fühlten sich so verbunden, wie sie es nie gewesen waren, auch wenn ihre Augen einander nicht begegneten außer an einem unbestimmten Punkt der pochenden Dunkelheit, auch wenn sie nicht sprechen konnten, weil sie schon das Schwindelgefühl empfanden, einander so nahe gekommen zu sein. Und es war richtig, daß es so war; wenn jeder des anderen Gemüt in einer größeren Tiefe berührt hätte, hätte sich jeder in sein Geheimnis zurückgezogen. Es war ihm klar, daß Clara ungefähr über ihn Bescheid wußte, und er litt, weil er wußte, daß er nichts für sie tun konnte. Es war dasselbe Gefühl der Ohnmacht, das er jedesmal erlebte, wenn die harmonische Welt, die ihm versprochen worden war, sich mit einem Schlag als unerreichbar zeigte. Wenn sie wortwörtlich leer blieb: So geschah es am Meer, wenn ein Segel lange am Horizont zögerte und dann verschwand, und er dann in sich nicht mehr fand, was er, alles andere vergessend, empfunden hatte, solange er ihm mit dem Blick gefolgt war. Die Nacht legte sich über das Reden der Leute, über das Geräusch der Wellen, über Claras ersticktes Schluchzen, das er eher erraten als gehört hatte. Sie mußte wieder geweint haben, während er vergaß, was gewesen war, durch den Augenblick verzehrender, melancholischer Schönheit, in dem er aus dem tiefen Dunkel langsam die zitternden Scheinwerfer des Dampfers hatte auftauchen sehen. Er legte seiner Schwester eine Hand auf die Schulter und so blieben sie eine Weile reglos und vereint, bis sie der Lärm der Dampferschaufeln aufrüttelte.

Auf dem Landesteg kam in der kleinen Menge der Vater gegangen. Er hatte sie nicht gesehen, und wie er sie mit dem Blick im Schein der Laternen suchte, wirkte er müde, seine Haut hatte die Sonnenbräune der einen mit ihnen verbrachten Woche verloren. Dann erkannte er sie, lächelte und legte sein stacheliges Kinn auf Giacomos Stirn, der bei dieser Berührung einen akuten Schmerz über sein arbeitsreiches Leben empfand, das ihn in den besten Jahren von seinen Kindern fernhielt; bevor sie ihn verließen, wie es unvermeidlich war und eigentlich schon geschehen.

Es regnete nicht mehr: Die Lichter in den Fenstern leuchteten stärker. Sie gingen die Kurve des Hafenbeckens hinunter. Clara lächelte, bei ihrem Vater eingehängt, schleifte sie mit den Sandalen auf dem Trottoir, wie sie es als Kind immer gemacht hatte. Sie lächelte für den Vater: auch diese Zuneigung, die zärtliche Verschwörung vereinte sie.

Er hörte, wie seine eigene Stimme sich Mut machte, indem sie sagte, er sei bereit für die Prüfungen, habe gelernt. Und als sie am Schein eines Schaufensters vorbeikamen, sah er, daß die Augen des Vaters zärtlich auf ihm ruhten, als wäre für ihn alles klar, wo sie die Dunkelheit und die auf sie zukommenden Jahre gefürchtet hatten: eins nach dem anderen wie die Wellen, die ans Ufer schlugen, mit demselben unvermeidlichen Rhythmus.

Andere Stimmen wurden laut, hinter ihnen. Im Dunkel glitt der Dampfer davon wie ein großer phosphoreszierender Leuchtkäfer, während auf dem Wasser sein Widerschein bebte. Dann drehte er langsam ab in Richtung Varenna.

NACHWORT

Alberto Vigevani wurde 1918 in Mailand geboren, er
stammt aus einer Familie des gebildeten, wohl situierten
jüdischen Bürgertums. Was ihn kennzeichnet, ist seine Leidenschaft für Bücher, wie er selbst sagt: »Die Bücher sind
wohl mein Schicksal« – Bücher lesen in erster Linie, dann
nach alten Editionen suchen, selbst Bücher verlegen, besonders in schönen bibliophilen Ausgaben, Bücher kaufen
und verkaufen, aber auch selbst Bücher schreiben.

Als Junge muß Vigevani ziemlich rebellisch gewesen sein,
denn mehrmals steckten ihn seine Eltern deshalb in ein
Internat. Während er 1937 noch an den faschistischen »Lit-
toriali della cultura«, dem Jahreskongreß der Studenten und
Intellektuellen teilnahm, schrieb er sich 1938 nach dem In-
krafttreten von Mussolinis Rassegesetzen an der Universi-
tät Grenoble ein. Bald darauf eröffnete er in Mailand, wo er,
abgesehen von kurzen Intervallen, sein ganzes Leben verbrachte, seine erste Buchhandlung, »La Lampada«, die zu
einem Treffpunkt für die Gegner des faschistischen Regi-
mes wurde. Von 1943–1945 lebte er im Exil in der Schweiz,
um den Verfolgungen in Italien zu entgehen. Als er 1945
wieder nach Italien zurückkam, hatte er ein Buch über seine
Erlebnisse als Partisan in der Tasche. *Compagni di settembre*
lautete der Titel. Es wurde mit dem Titel *Fünf Partisanen* in
der Schweiz auch in deutscher Sprache veröffentlicht.
    Schon 1941 hatte er eine neue Buchhandlung aufge-
macht, »Il Polifilo«, der er später einen Verlag mit demsel-

ben Namen anschloß, in dem er besonders schön ausgestattete Ausgaben italienischer Klassiker wie etwa der Werke von Leon Battista Alberti, Andrea Palladio u. v. a. herausgab; daneben veröffentlichte er einige Reihen wie das »Archiv des italienischen Theaters«, »Dokumente zu den Künsten des Buches«.

Von dieser seiner lebenslänglichen Tätigkeit als Buchhändler und Verleger erzählt er in *La febbre dei libri — Ricordi di un libraio bibliofilo (Das Bücherfieber — Erinnerungen eines bibliophilen Buchhändlers)*. Es handelt sich um ein anschaulich und vergnüglich erzähltes, aber auch historisch genaues Panorama der italienischen Verlagslandschaft und um die Beschreibung der verschiedensten Persönlichkeiten des literarischen Lebens, angefangen von den vierziger Jahren. Vigevani kannte die Schriftsteller und Literaten, die Verleger alle persönlich und stellt sie in lauter kurzen Texten dar. Das Erscheinen des Buches im Jahr 2000 hat der Autor, der 1999 gestorben ist, nicht mehr erlebt.

Abgesehen von diesen *Erinnerungen* schrieb Vigevani mehrere Romane, Erzählungen und Gedichte.

Ein konstanter Zug in allen seinen Büchern ist die Erinnerung, das heißt der Wunsch, vergangene Zeiten wieder aufleben zu lassen und Menschen und ihre Schicksale durch das Erzählen dem Vergessen zu entreißen, was ja im übrigen zu den Grundhaltungen des Erzählens gehört. Aus diesem Wunsch ging außer seinen Romanen auch ein dünnes Buch, nur etwa siebzig Seiten lang, hervor: *Lettera al signor Alzheryan*. Es ist der Brief an seinen verstorbenen Paten, einen vornehmen jüdischen Financier mit internationalem Flair: ein Meisterwerk der Beschreibung eines Menschen und seiner Epoche, die es in dieser Form heute nicht mehr gibt.

Vigevanis anschauliche Prosa ist von eigenwilliger Eleganz. Zwischen dem vorliegenden *Sommer am See* und *Lettera al signor Alzheryan* liegen viele Jahre; die zwei Werke unterscheiden sich im Rhythmus und in der Melodie der Sätze erheblich voneinander, aber eines zeichnet sie beide aus, wie im übrigen auch die anderen Werke Vigevanis: der Ton der Zuneigung oder des Wohlwollens oder, wie die Schriftstellerin Lalla Romano sagt: »Ein Feingefühl in der Sprache und in den Empfindungen, dessen Kraft von der Struktur herkommt.«

Die lange Erzählung »Sommer am See« erschien 1958, spielt aber in den dreißiger Jahren. Die Gesellschaftsschicht ist das gebildete, wohlhabende Mailänder Bürgertum, der Vater des vierzehnjährigen Helden Giacomo ist Rechtsanwalt. Vigevani erzählt von Sommerferien am Comersee, schildert die Kleider und die Lebensgewohnheiten von damals, berichtet von der Musik, die in jenen Jahren die jungen Leute hörten, von einem Trompetensolo ist die Rede, von der Vorliebe für Blues. Doch all das tritt nicht aufdringlich in den Vordergrund, wie überhaupt diesem Buch alles Aufdringliche oder Schrille fremd ist. Die Zeit oder besser der Zeitabschnitt, der hier dargestellt wird, scheint aus dem Rest ausgeklammert zu sein, vermittelt stark das Gefühl von Vorläufigkeit und Zerbrechlichkeit, so wird die Ahnung einer Zeit spürbar, wie sie großen oder schicksalhaften Ereignissen nicht selten vorausgeht.

Die Erzählweise ist auf eine besondere Art altmodisch, in dem Sinn, daß Gefühle dargestellt, vergegenwärtigt werden, aber ohne jegliche Anlehnung an vulgärpsychologische oder wissenschaftlich psychologische Elemente. Der Standpunkt des Erzählers ist manchmal ironisch, doch sehr oft elegisch der Vergangenheit zugeneigt; wie schon gesagt, ist Vigevanis Haltung in den meisten seiner Werke geprägt von einer Anhänglichkeit an längst Vergangenes, man könnte sogar sagen an die Erinnerung selbst.

Der Titel *Sommer am See* ist nicht idyllisch gemeint: Der See und mit ihm das flüssige Element steht im Mittelpunkt der Beschreibungen. Zunächst erscheinen die Bilder eher statisch, in der großen Hitze des Juli und August scharf in Licht und Schatten getrennt. Doch je weiter die Erzählung voranschreitet, desto mehr tritt der See nicht nur als geographischer Ort, sondern vor allem mit seinen wechselhaften Erscheinungen und Geräuschen in den Vordergrund: mit dem Rhythmus, in dem die Wellen ans Ufer klatschen, dem Spiel der Lichter und Schatten auf der Wasserfläche, den Schiffen aller Arten. Das Wandelbare der Wasserbewegungen überträgt sich auf das Vorüberziehen der Wolken, den ständigen und raschen Wechsel von Licht und Schatten, der Farben und der Stimmungen. Die Empfindungen leben in den schwankenden Bildern und gewinnen darin ihre einprägsame Gestalt. Die Beschreibungen der Gefühle gehen in Naturschilderungen über: Wie sich die Häuser und Bäume an den Ufern im See in zittrigen, doch genauen Bildern spiegeln, so bleiben die Naturschilderungen kein Selbstzweck, sondern nehmen die Gefühle in sich auf.

An einigen Stellen gibt der Erzähler einen Einblick in seine Art, die Gegenstände der Welt zu sehen: in ihrer konkreten Anwesenheit und in ihrem symbolischen Charakter, so wie er Giacomos Gedanken wiedergibt: »Er hätte auch gern zu ihm gesprochen (…) von den rasch aufblitzenden Lichtern, die das gegenüberliegende Ufer streiften, das sich undeutlich von seinem Spiegelbild im Wasser abhob. An denselben Spiegel schienen ihm, wie vergrößert, Andrews Augen gebunden zu sein. Augen, die an die Betrachtung gewohnt waren, sogar satte, schwermütige Augen.«

Die Sonnenstrahlen lassen das Wasser, die Bäume, die Gärten leuchten, glitzern und funkeln; Giacomos Melancholie und alle Geschehnisse behalten in der ganzen Erzählung den Zauber der Leichtigkeit. Das ist nicht zuletzt das Verdienst von Vigevanis Prosa, deren Konzentriertheit in gewissem Sinn auch der Lyrik verpflichtet ist. Der italienische Literaturhistoriker Geno Pampaloni, der in Bezug auf die Treue zum Gedächtnis an das Vergangene in Ippolito Nievo einen literarischen Vorfahren von Vigevani sieht, vergleicht gerade *Sommer am See* mit einem Gedicht von Vittorio Sereni aus dem Jahr 1938:

Wir sind alle in der Schwebe,
hängen an dem Geschehen von heute abend
hier in dem Umkreis eines Torpedoboots,
es mustert uns, dann dreht es ab und fährt davon.

Marianne Schneider

Der Titel der Original-Ausgabe lautet: *Estate al lago.*

Umschlag-Entwurf: Horst Hussel

7. Auflage 2018

© 2001 SELLERIO EDITORE, PALERMO
© 2007 für die deutsche Ausgabe: Friedenauer Presse Berlin GmbH
Göhrener Str. 7, 10437 Berlin
Alle Rechte vorbehalten.
Gesetzt in der Bembo-Antiqua von Harald Weller, Berlin.
Die Herstellung übernahm Hermann Zanier, Berlin.
Gedruckt und gebunden von Art-Druk, Szczecin.
ISBN 978-3-932109-50-8

www.friedenauer-presse.de